# 文芸誌 天気図 2018 16号

# 文芸誌 天気図 2018 16号

## 目次

表紙イラスト　松本麻衣子　目次イラスト　須藤愛里沙
さし絵　杉本さやか・須藤愛里沙・村井康文（50音順）

寄　稿
contribution

# きっかけ

松田　十刻
*Matsuda Jukkoku*

昭和60年、三好京三さん（当時54歳）と筆者（当時30歳）

人生には転機となるきっかけがある。
文筆家になるきっかけを与えてくれたのは、三好京三さん（一九三一年～二〇〇七年）だった。三好さんは『子育てごっこ』で第七十六回直木賞を受賞。昭和五十一年（一九七六）下半期だから、発表は翌年一月のこと。東京で学生生活を送っていた私は、岩手にいながら直木賞を受賞した三好さんに畏敬の念のようなものを抱いていた。

春先、帰省すると、妹から一枚の色紙を渡された。それは三好さんが高橋文彦（私の本名）のために書いてくれたものだった。当時、妹は盛岡市肴町にある老舗書店で働いており、『子育てごっこ』のサイン会があったとき、「兄が小説を書いています」とか言って書いてもらったのだという。その色紙が背中を押してくれたように思われた。

初めて話したのは、昭和五十九年八月、私が都南村（現・盛岡市）の印刷会社で雑誌「地方公論」の再刊（通算三十七号）に向け、巻頭のエッセイを書面でお願いしていたときである。突然、三好さんから電話がかかってきて、原稿の内容などについてやりとりした。今も忘れられないのは、「原稿料はいらないから」

と念を押すようにくり返していたことである。かくありたいと思ったものである。

三好京三さんと会うきっかけをつくってくれたのは、後年、句集『羽音』や評伝『無告のうた　歌人・大西民子の生涯』などの著作物を刊行する川村春樹（俳号は杳平）さんである。川村さんとは「地方公論」がらみで知りあったのだが、昭和六十年（一九八五）、同人誌「時圏」を三好さん宅に持参したうえ、同誌に掲載された小説「69冬」をひきあいに私を売りこんでくれた。もっとも、そのことを私が知ったのはあとになってからである。引っ込み思案で人見知りをする私をじれったく思い、自ら前沢町（現・奥州市）の自宅へ乗りこんでいったのだろう。それがきっかけでその年の十一月二十二日、「前沢文学の会」に招かれた。

三好さんは、中央の文学賞にこだわっている私に、岩手日報社主催の「北の文学」に応募するように勧めてくれた。実はこの年、初めて短編小説を応募していたのだが、落選していた。あまり気乗りしなかったが、せっかくの誘いである。それがきっかけで本腰を入れ、昭和六十一年（一九八六）五月発行の十二号に初入選。それ以降、十三号、十四号と連続入選し、六十二年十一月発行の十五号で優秀作を受賞した。三十二歳のときである。

その後、タウン誌や官民の印刷物、情報誌などの編集に追われていた私は平成二年（一九九〇）夏のある日、リポーターという肩書で手伝いをしていた産経新聞盛岡支局の支局長から呼びだされた。岩手版（当時）に「岩手宰相物語」を連載してもらおうと、三好さんを訪ねたら、「若い人にチャンスを与えたい」と言って、どこかで聞いた名前の男を推薦されたという。

「灯台下暗し。君だよ。やってくれるね」

政治家の物語だけは書きたくない。だいいち岩手の宰相に関する知識など持ち合わせていない。途中で頓挫して迷惑をかけるかもしれない。辞退しようと思ったが、まてよ、と思いとどまった。最も苦手でやりたくないもの。これまで避けてきたものにこそ挑むべきではないのか。まさに千載一遇の機会。これを逃す手はない。かくして三十五歳から五年間、曲がりなりにも長期連載を果たした。

きっかけ。それはどこに転がっているかわからない。さて、今年は六十三歳。次の転機となるきっかけはあるのだろうか。いや、あると信じて、それが訪れるまでこつこつと歩むしかない。

〈プロフィール〉
松田十刻（まつだ・じゅっこく）　本名　髙橋文彦。昭和30年（1955）2月、盛岡市生まれ。立教大学文学部卒。新聞記者などを経て文筆家に。歴史ミステリー、戦記、時代小説、評伝など多彩なジャンルで作品を発表している。出版社との契約が切れた作品、未収録の作品などは「Jukkoku book」と銘打ち、電子書籍として刊行。本名で発表した『颯爽と清廉に　原敬』『ネヴァ河のほとり・魂のイコン』（一部改題）などの作品の電子書籍化も進めている。近著に『清心尼』（盛岡タイムス）。

【詩】

# 思い出せ

安住幸子
*Sachiko Azumi*

魔法使いのお婆さんは
今日もほうきで懸命に庭掃除
空を飛ぶのをここのところ
とんと忘れている
愛用のほうきはだんだん擦り切れながら
うずうずしている

たった百五十年前には
街まで行って
教会の鐘に
巻き込まれそうになったり
急な雨にやられたりしながらも

飛びまわっていたじゃないか
ほうきは魔法使いのお婆さんの
一番の乗り物さ
思い出せ
思い出せ

確か百五十年くらい前
魔法使いのお婆さんには
なかよしの魔法使いがいた
ハーブの香るすがすがしい日に
「一緒に空を飛びたいね」と声をかけると
「よしきた」って
大きな鍋にぐつぐつ湯をわかし
そこにぶつぶつ呪文を投げ込んで
ぶくぶく泡を湧きあがらせ
魔法使いは
立派なほうきになってしまった

魔法使いのお婆さんは
仕方なく一人で
そのほうきに乗って
街に行ったり海に行ったり
あちこち飛んでみた
スピードを出したり急降下もしてみたけれど
ほうきは
ほうきのまま

やけくそになって魔法使いのお婆さんは
ほうきで庭をはきだした
胸がぐるぐる痛んだ
思い出せ
思い出せ

ハーブの香るすがすがすがしい日には
ほうきを持ったまま
空を見上げる

いつから自分は
魔法使いのお婆さんになったのか
思い出せ
思い出せ

【詩】

# クラス

杉田　未来
*Sugita Miki*

果実色の斜めの光が
机たちの上に溶けだしている

おそるおそる、つまびいた音階は
どんな声にもならなくて
伝えられもしない言葉が渦巻いては
また溶けていく

教室はいつも放課後だった
ゴムとびする女の子たちの笑いと
ほこりっぽいオルガン

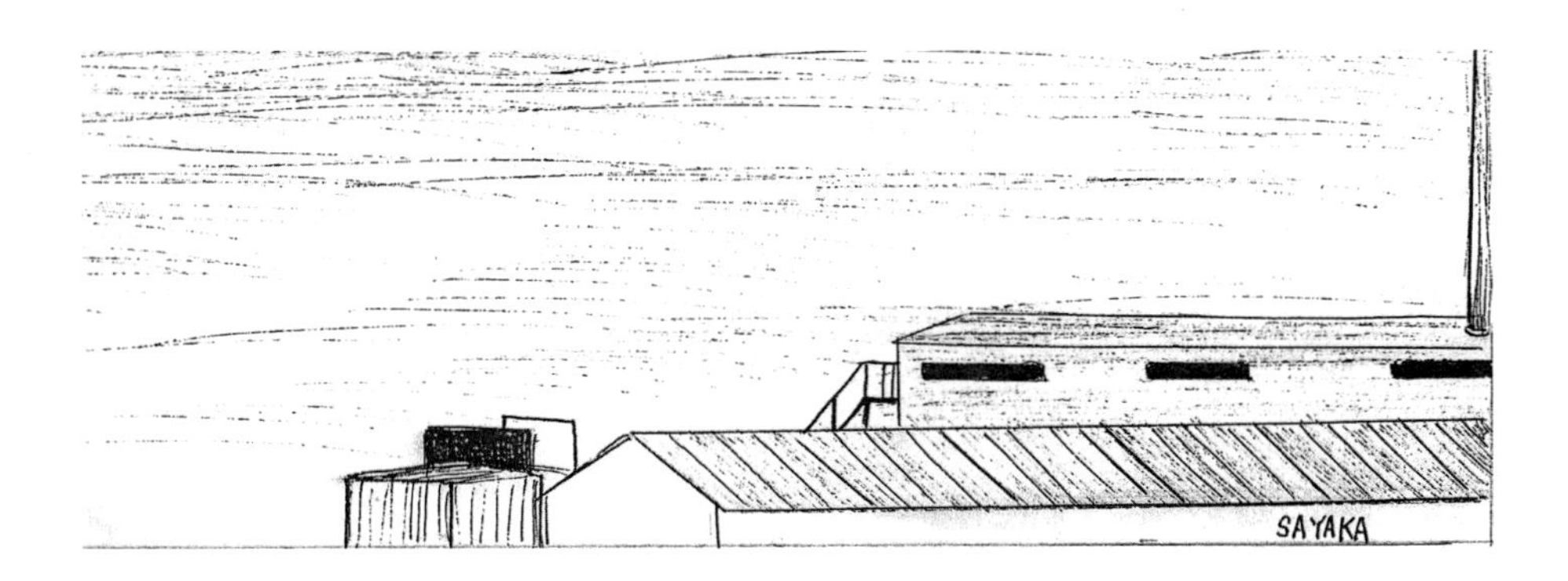

かごの中のモンシロチョウは
永遠に羽化しつづける

喉をつまらせて、かきむしる日々
ベランダを駆け抜けた裸足が、トマトの鉢を倒していく
こぼれていく赤、黒、緑、そして
四十の机の発する息が、わたしをおしつぶす
歌が断罪する

理解など求められなかった
わたしは誰も理解できなかった
ただささなぎを見つめては、鍵盤を鳴らし
それでも誰かが気づいてくれることだけを、祈っていた
わたしは息がしたかった
目立たぬよう、とぎれぬように
静かに息だけをしていたかった

歌いたい歌はどこだろう
さなぎの夢は何色だろう

さし絵　杉本さやか

# 平成28年度岩手県芸術選奨に野中康行氏

野中康行氏

著書「記憶の片すみ」
（ツーワンライフ）

同人であるエッセイストの野中康行氏が三冊目となるエッセイ集『記憶の片すみ』（ツーワンライフ／２０１６年10月27日／ISBN978-4-907161-73-6）で「平成28年度岩手県芸術選奨」を受賞した。同人では菊池尋子氏（平成24年度）に続く快挙。なおこの作品は「第20回全国自費出版文化賞」でも入選も果たした。

確かなものを見る目と鋭さの部分をさらりと表現した完成度の高い作品、と評され受賞となった。たとえばラストに書かれた「骨までほめられ」というエッセイは、もう少しで百三歳という大往生をとげた氏の父親を材にしたもの。父親への愛情にほろりとさせられる。温かさが詰まった、ぜひ皆さんに読んでもらいたい作品だ。

今回の受賞に際して野中氏は「3冊目の随筆集での受賞となったが、書き続けていればこのようなよいこともある。題材は、日々生活していればあるもの。これからも書き続け、できれば4冊5冊目を」と語っている。

すでにエッセイストとしての地盤は固めている野中氏。しかし創作への意欲は益々盛んで、さらなる活躍を期待している。受賞おめでとうございます。

近刊案内

# 「天気図」関係者が続々出版。ぜひご一読を！

## 松田十刻・著

**清心尼**

遠野南部家城主を務めた清心尼は実在の人物。「戦わないおんな城主」「おなご殿様」として有名だ。彼女の賢くたおやかな生きざまを歴史小説の名手、松田十刻氏が史実を踏まえて描いた。新聞連載(盛岡タイムス・胆江日日)後に発刊された五百ページ近くの大著。松田氏は天気図顧問。

盛岡タイムス社/2017年7月7日
定価：本体1800円＋税

## 浅沼誠子・著

**峠越え**

江戸時代末期から明治初期までの激動の時代の盛岡南部藩。人情厚き市井の人々に囲まれ、はつらつと育っていく主人公のおみよちゃん。盛岡藩内で多発した一揆、逃れた大阪では大塩平八郎の乱に巻き込まれてしまう。盛岡弁が温かいおみよちゃんの旅路の果ては。

盛岡出版コミュニティー/2017年12月15日
定価:本体1200円+税

## 立川ゆかり・著

**夢をのみ** ―日本ＳＦの金字塔・光瀬龍

名著「百億の昼と千億の夜」で知られるＳＦ作家、光瀬龍のはじめての大型評伝。雑誌（〈ＳＦマガジン〉／早川書房）連載後、改稿改編して発刊された。両親が岩手出身で学生時代を岩手で過ごした光瀬龍。生きて悩んだ青春と作品を関連付け紐解いた。

ツーワンライフ/2017年7月7日
定価:本体2000円+税

## 大平しおり・著

**スイーツ刑事**―ウエディングケーキ殺人事件

主人公の佐東杏子、あんこは和菓子屋の娘。学生時代ひょんなことで出会ったキャリア刑事の加東慶貴、ケーキに諭され刑事になった。配属先で思わぬ再会を果たした二人。おかしな刑事コンビが贈る刑事ミステリ。スイーツフェスが舞台。

メディアワークス文庫／2017年5月25日
定価：本体680円＋税

エッセイ

# アカシアの雨がやむとき

野中康行
*Yasuyuki Nonaka*

アカシア（ニセアカシア）の樹を見かけるのは、この辺りでは雫石川（盛岡市）の河川敷ぐらいである。

かつて、アーラム大学の卒業式（学位授与式）に、アメリカのインディアナ州リッチモンドに行ったことがある。デイトン空港（オハイオ州）からリッチモンドまでの車窓から見える景色は、地平線まで広がるトーモロコシ畑だった。畑の中を延々と伸びる帯のような林が防風林か境界なのだろう。その林の上に飛び出て続く背の高い樹がアカシアだった。5月の初め。樹は白い花をつけていた。

私がこの樹と花を知ったのがいつだったかはっきりしないが、高校のころまでは知らなかったと思う。

アカシアの花は、北原白秋作詞の唱歌『この道』や、石原裕次郎が歌った『赤いハンカチ』（萩原四朗作詞）にも出てくる。

♪この道は　いつか来た道／ああ　そうだよ／あかしやの花が咲いてる　『この道』

♪アカシヤの／花の下で／あの娘がそっと瞼を拭いた……　『赤いハンカチ』

忘れられないのは、『アカシアの雨がやむとき』（水木かおる作詞・藤原秀行作曲）である。西田佐知子の歌い方も印象的だったが、詩の内容に驚いた。

♪アカシアの雨にうたれて／このまま死んでしまいたい／……／冷たくなったわたしを見つけて／あの人は／涙を流してくれるでしょうか……

歌詞は、心を通わせることができずに別れた女心のせつなさと、それに絶望した女の死を詠っている。「このまま死んでしまいたい」のフレーズには、ドキリとさせられた。

救いようがない挫折感とやり場のない思い。そして悲劇的な結末。哀愁をおびたトランペットの音に乗せ、彼女はどこか投げやりに歌った。それは、自分の運命（さだめ）

にふてくされている歌の主人公にも重なった。

西田佐知子がデビューして2年後の1958（昭和33）年、専属プロデューサーだった五十嵐泰弘は、彼女のためにヒット曲を模索していた。そんなとき、出張先の名古屋の公園で、白いコートの女性が男性と言い争っているのを見かけた。男はふり返りもせずに去っていくが、置き去りにされた女はしばらくそこにたたずんでいた。

彼はその光景が忘れられなかった。そんな光景をどこかで見ている。記憶を手繰ると、それがいつか観た映画、『雨の朝パリに死す』（1954年・エリザベス・テーラー主演）の一場面と重なった。この映画はアメリカの作家F・スコット・フィッツジェラルドの小説『バビロン再訪』を映画化したものである。彼はそのひらめきを作詞家の水木かおるに話し、作詞を依頼した。

この歌が世に出たのは1960（昭和35）年4月である。この歌がヒットした背景を当時の「安保闘争」と関連付けて語られることが多い。歴史的な大衆運動は岸内閣を退陣に追い込んだが、安保改定阻止はかなわなかった。虚しさが広がる大衆のなかに西田佐知子のボーカルとやるせない詞が癒すように響き、広く歌われたというのだ。

だが、若者に支持された理由がそうだとしても、この歌はそれとはまったく関係のないところで生まれている。私も、高校3年のとき「安保反対」のデモに参加した。高校生のデモは新聞でも学校からも厳しく批判されたが、挫折感はなかった。この曲を聞いたときは、ただただ作詞家の感性に驚き、その想像力と創作力に感心したものである。

この樹と花を知ったのは、たぶんこのときだ。歌うのはからきしだめだが、歌詞に興味を持つようになったのもこのころからである。いい歌に出会うと、つい歌詞の意味と作詞家の詩の世界を想像してしまう。そして、いつも感心させられる。

アカシアは、たくさんの花を房状に咲かせるが、緑にとけ込んでつい見落としてしまう地味な花である。

だが、リッチモンドで見た花は忘れられない。そして、この歌もまた。

（参考『東京歌物語』東京新聞出版部）

## 文芸誌「天気図」

### 同人、及び掲載作品募集について

●文芸同人誌、「天気図」では、同人、及び掲載作品を広く募集します。小説が中心ですが、特に分野は問いません。（エッセイも可）。筆力ある、岩手にゆかりのある方を募集いたします。作品の応募、お問い合わせは左記まで。締切は平成三十年十月末日（平成三十一年発行予定の十七号に掲載）。

お問い合わせ先

〒〇二八―〇一一三　花巻市東和町東晴山八―四五
文芸誌「天気図」事務局（立川）
電話〇一九八―四四―二五一〇

【時代小説】

# 神田杉之介捕物帳
# 「雲の切れ間に」

浅沼　誠子
Asanuma Seiko

さし絵　杉本　さやか
Sugimoto Sayaka

## 一

八月十三夜の月が、盛岡の城下町を照らしていた。定廻り同心の神田（かんだ）杉之介は、ほろ酔い機嫌で、母と妹が待つ上田同心組町の屋敷へと歩いていた。翌日から八幡神社の祭礼が始まるので、同心仲間と祭りの警護の手配を確かめた後、手下である目明しの文七がやっている八日町の小料理屋「夕顔（ゆうがお）」に寄って、文七と娘のおけいを相手に昔話をしているうちに、つい長居をしてしまい、帰りが遅くなってしまったのである。

店の戸口を開けると、月が出ている。見送りに出て来たおけいが、空を見上げて言った。

「きれいなお月さんであんすな。夜道を照らしてくれて、助かりあんすな。お気をつけて……」

おけいが言ったとおり、上田同心組町までの道を、月の光が届いていた。

屋敷の近くまで来ると、隣の書物同心の三浦徳衛門の屋敷から、着流しの男が出て来るのが見えた。すれ違いざまに提灯の明かりで見えた男は、二十過ぎかと思ったが、顔の表情までは分からない。杉之介が来た道を少し肩を落とすようにして、歩いて行った。

屋敷の木戸を開け、足を踏み入れた時、前方から礫のようなものが飛んできた。さっと避けたが、右肩を擦って木戸の外に落ちた。刀のつばに手を掛けた時、人影が現れた。

「御覚悟の程は」

凛とした声の主は、妹の由乃であった。

「危ないぞ」

一喝して側に行くと
「兄様が、お避けになれるかお試しなされと、御母さまが御命じなされあんした」

と澄まし顔である。

御袋は帰宅が遅くなったことを怒っているのか、それとも何か変わった事でもあったのか、それにしても気に病みすぎるのでは、と思いながら屋敷へ入った。

母親の菊乃が奥の六畳間にいるらしく、明かりが点っている。戸を開けると居住まいを正して、仏壇の位牌に手を合わせていた。

杉之介に背を向けたまま声を掛けた。

「由乃が投げたものを避けられあんしたか」

母の声はいつになく弱々しかった。

何故あのような事をさせたのかと、聞きたかった。が、その声の弱さに聞くのをためらった。母は何かを怖がっている。杉之介は、母親の気持ちを落ち着かせようとして、緩りと胡座をかいた。菊乃が前を向いた。憂え顔である。

「どうなされたのであんす」

杉之介に聞かれ、菊乃は胸元に手を入れ、皺のついた半切れ紙を取り出して渡した。

「玄関に投げ込んだものがおる」

皺をのばしながら読んでみると、

―怨んでいる、必ず殺す、覚えていろ―

墨の色が黒々として、生々しかった。文字に見覚えがあった。ある男の顔が浮かんだ。が、もう一度眺めてみると、どこか違うような気がした。

菊乃が心配気に言った。

「其方(そなた)、心当たりがあるのか」

杉之介は心の内を振り払うように、平静に言った。

「仕事柄、逆怨みをされることも、あるやも知れませぬな。御袋様、御心配召(め)さるな」

菊乃は黙っている。

「それで……私(わたす)の腕を案じてあのような事をせよと……」

菊乃が声を落として言った。

「御父(おど)様の時には、なかったことですぞ」

杉之介は、母の言葉に逆(さか)らわなかった。

父親の隆太郎にも同じような事があった。杉之介が同心になる前のことである。庭で父に竹刀の打ち合いの稽古(けいこ)を付けてもらい、屋敷の中に入る時、まだ庭にいた父が、落ちていた紙切れを袂(たもと)に入れたのを見たことがあった。

その時、父は誰にも気付かれなかったと思っていたようである。が、二度目の時、息子に見られたと気付き、誰にも言ってはならぬ、家の者にもだぞと厳しく言ったのである。その目は険しく苦りきった顔であった。

あれは仕事がらみの投文なのだと後で知った。父の手下である文七を縁側に座らせ、投文を見せて話し込んでいたが、二人は杉之介が家の中に入って来たことも知らずにいた。文七の声が耳に届いた。

「旦那、こりゃ、脅しですぜ。ちょいと情をかけてやったら、のさばりやがって……吟味方も、もっと厳しく詮議立てしてくれりゃ、良(い)がったのに……仏の隆さんと言われている旦那に、こんなことを書いてくるなんて……あの女(おなご)の亭主は遠島(おんとう)にすりゃ……」

と言ったきり、気配を察したのか、口を噤んだのだった。

あの時、杉之介はまだ十七であった。が、その後すぐに、父と文七は手落ちがあったな、とさばさば話していた。

定廻り同心は、市中の治安を護るために市中の見廻りをする。事件が起きたら捜査をし、咎人を見つけ出して捕縛をするのが役目である。町奉行所の中でも、町方と密接な関りを持つ同心である。それゆえ、人情同心と呼ばれた父親でさえも、逆怨みされることがあった。

　杉之介はその時のことを誰にも話してはいない。毎日、仏前で息子が務めを滞りなく果たせるようにと祈っている母に、心配をかけるわけにはいかない。

「私は大丈夫であんす。あのような事を為さるのは止めて下され」

と言うと、自分の寝間に入った。

　床に入ってから行灯を引き寄せ、半切れ紙の文字を眺めた。

（似てる……似てるがどこか違う。それに、彼奴は永牢（終身刑）。此処に現れるはずはない。明日、文七に見て貰う。何かが分かるにちがいない）

　彼奴とは、文七の娘おけいの夫仙吉を刺殺した市助という履物商の息子のことである。

　六年前、市助が文七の店で捕縛された時、仙吉はまだ死んでいなかった。仙吉は右腹を刺され、深傷を負ったが生きていた。そのため、市助は強迫と刃傷の沙汰で遠島となり、下北（下北半島）田名部に送られた。

　送られて行く時、市助は「殺してもいねぇのに、田名部送りとはな。必ず出て来て仕返しをしてやる」と言ったとか、同心仲間の間では噂になっていた。

　おけいの夫仙吉は、市助が田名部に送られた翌日亡くなった。刺された傷は腸まで達していて、助かりようがなかった、と聞かされた時は、市助は下手人で斬首にすべきだったと思ったのである。

　事件は突然起きたのではない。市助は文七の店「夕顔」に来る客であった。店に入ると一番奥の席に座り、注文を取りに来るまで、目立たぬように待っていた。店の者もみな、大人しい客だと思っていたようである。

　ある日、注文を取りに行った文七の女房のおゆうが、市助の身過ぎを聞いた。紙町の履物商の息子だと言ったそうである。おゆうは市助が履いていた雪駄の鼻緒が、袷長着の色と同じ渋い雀茶だったのを、気に入ったようであった。

翌々日、おけいはおゆうに頼まれて、下駄の差し歯を入れ替えに行った。その三日後にも、おゆうは鼻緒のすげ替えも、おけいに頼んで市助の店に行かせたのである。最初は一月に一度ぐらいだった市助が、十日に一度、三日に一度と店に来る間隔が縮まり、遂に、毎日やってくる常連客になったそうである。

上の橋を渡って、わざわざ夕餉を食べに来る市助を、おゆうは店の料理を気に入ってくれる大切な客だと思っていたらしい。が、娘のおけいはそうではなかった。あの男、気味が悪いと言い出したのである。もう、その時には、おけいに付け文を出していたのであった。おけいはその付け文の文面が、あまりにも突飛で、すぐには諒解することが出来なかった。

おけい夫婦が六年近く子どもが出来ないと悩んでいるのを、誰かから聞きつけた市助は、夫の仙吉と別れて自分と所帯を持て、という内容だったそうである。市助の悪戯か、それとも気が狂っているのかと思い、出来るだけ食事の注文を取りに行かないようにしたそうである。

が、毎回そうするわけにもいかない。客が混んでいる時は、市助の膳も出しに行かなければならない。付け文は下膳の茶碗の中や箸置の下に置いていった。

文七の女房は、おけいが付け文のことを言わないので紙屑と思って捨てたという。付け文を置いていっても反応がないと思った市助は、とうとう、しびれを切らして、他の客の注文を取りに来たおけいの襟元に無理矢理、付け文を挟んだのである。それを見たおゆうは仰天した。

「何だい、その紙は……」

と言って、おけいの襟元から付け文を取り出して聞いた。

――仙吉と別れて俺の子をつくれ、別れなければ仙吉を殺す。覚えてろ――

その文を見ておゆうは怒った。おゆうが付け文を取った時、市助はそそくさと店を出て行った。

おゆうは「あの男、大人しいと思っていたが、とんだやくざ者じゃないか。この文は初めてなのか」と聞き出すと、おけいは「同じ文面ではないが似たような文であった。とても気味が悪くて仙吉さんにも言えなかった」と辛そうな顔をした。

おゆうは「夫婦の間で、こんな大事なことを隠しちゃ駄目なんだよ」と真剣に叱った。

　すると、おけいは「子が出来ないことは仙吉さんが自分のせいだと思っているんだ。板前になる前に、お多福風邪になったことがあるから、それで子が出来ないのかも知れない、と打ち明けてくれたことがあった」と言ったそうである。

　二人の夫婦仲が良いことを知っている者たちに、まだ子が出来ないのかと聞かれるたびに厭な思いもしたが、仙吉とおけいが夫婦になって七年を過ぎた頃には、子宝のことを聞く者もいなくなり、二人は自分たちが仲良くやっていれば、それで良いと思っていた。

　が、やはり付け文のことは言えなかったというのである。

　二人がその気持ちでいれば夫婦間に揺らぎはないはず、早く仙吉に打ち明けろと、おゆうは諭したそうである。

　おけいは思い切って仙吉に打ち明けた。仙吉は「店にいながら奥の席まで目が届かず、気付いてやれなかった。相手は真面(まとも)じゃねぇな。こんな脅しをするなら出る所に出てもらう」と言ったのである。

　一番最後に事情を知った文七は、目明しの娘と知っていて、こんな非道をするのかと血走った目で怒っていた。

　その矢先のことであった。

　市助が店にやってくるのは夕餉の頃である。そのことは父親の文七にも知らせていた。が、その日に限って、市助は昼餉時にやってきた。初めてのことである。杉之介と文七が見廻りをし、昼餉をとりに「夕顔」に寄った。店の中に入った途端、杉之介の目に入ったのは、仙吉が倒れている傍らに、血の付いた匕首(あいくち)を持った市助が、薄気味の悪い笑みを浮かべて立っていたのであった。

　おゆうの話によると、市助が店に入って来た時、おけいは買物に出ていていなかった。店におけいの姿が見えないと知り、市助は料理場の方に目をやった。それに気付いた仙吉は、話があるので外に出てくれと言うと、市助は仙吉を睨んだまま動かなかった。思いあまった仙吉が、女房のことでと話を切り出した途端、市助は胸元から匕首を出して、仙吉の腹を刺した。

あっという間のことだったそうである。

店にいた客たちの話も同様であったので、杉之介は、その場で市助を捕縛した。

外出していたおけいは凄惨な光景を見ていなかった。あの現場にいたら、おけいもどうなっていたか分からないと、おゆうは震えていた。あの時の脅し文を証拠物として、おゆうは渡してくれた。

あの脅し文と、この投文は筆跡が似ている。が、どこか違う。明日、文七親分に会ったら確かめて貰おうと思った。

二

機織(はたおり)の音がして目が覚めた。規則正しい音は、由乃ではなく母親の菊乃が織る音である。菊乃に限らず、同心組町の者たちは働き者である。下級武士である平同心の平均年俸は、二人扶持十八俵である。その俸給では暮らしが立たない。暮らしを支えるために、上田同心組町では、家族が南部表(なんぶおもて)や麻布織りの手仕事をしている。それでも間に合わない場合は、編笠作り、提灯や傘(からかさ)作りなどをしている。

今朝も菊乃は、明け六ツの時鐘が鳴る前から機織をしていたようである。杉之介は寝床から出て、障子戸を開け板間に降りた。菊乃が機(はた)の手を止めた。

「昨夜は遅くまで明かりが点ってたようであんすな」

菊乃が心配気に言った。

「六年前のことを思い出して、調べてみあんした。今日、奉行所へ行きあんす」

と杉之介は小声で言った。菊乃は黙って頷いたが、すぐに顔を上げた。

「あれを文七親分に見て貰ったら、見当がつくかも……先(ま)ずは親分に……」

と責付(せっつ)くように言って、杉之介の目を見ている。

「そのようにしあんすので」

と言って、杉之介は土間に下りた。

戸口を開けると、裏庭の畑の方から平笊(ざる)を抱えた由乃の姿が見えた。杉之介を見ると、急ぎ足でやって来て、笊の中に入っているものを見せた。赤い卵が五つ入っていた。

「貰ったのか」

杉之介は隣家の三浦家の屋敷の方に目をやった。由乃が嬉しそうな顔をしている。

「到来物と言って、小母様(おばさま)が」

「いつも悪いな」

と言った後、杉之介は昨夜、隣家の木戸から出て来た若い男の姿が脳裏に浮かんだのである。

卵は、あの男が届けたものなのか、それにしても夜分訪れるとはな、何か急ぎの用でもと思った。

由乃は、赤い卵は白い卵より滋養になると言って、杉之介の顔を覗き込んでから、

「いつも頂いているのに、こんなことを言うのもなんであんすが……恐らくこれは、小弥太の指南料かと思いあんす」

と言った。

小弥太は隣家の跡継ぎ息子である。徳衛門夫婦が結婚して、十年目に生まれて来た子であった。徳衛門の妻梨江は、結婚三年目に流産している。それから七年目にやっと小弥太が生まれたのであった。

隣家の喜びようは神田家にも手に取るように伝わった。梨江は小弥太を大切に育てた。いや、大切というより、面倒を見過ぎた。そのせいではと思うのだが、小弥太は自ら出来ることもやらず、人の手を借りたがる子になってしまったと父親の徳衛門は嘆いていたのである。唯一、自ら好んですることは、書を読むことなそうである。五つの頃から御伽草子を手にとり、六つになると、黄表紙を夢中になって読んでいたという。

同心は城下の警備をするために置かれた役職である。役目柄、武術を修得しなければならない。徳衛門は小弥太の将来が不安であった。剣術を習わそうと、七つの時から上田同心組町にある山田道場に通わせているが、稽古が厭なのか、休むことが多くなったそうだ。心配になった徳衛門は、由乃に稽古の相手をしてほしいと依頼してきたのであった。

「あれから二年になるのか。小弥太の奴、やる気になっておるか」

と杉之介は由乃の顔を窺った。

「はい、打たれても、打たれても、何とか向かって来あんす」

と由乃は苦笑したが、

「自分から稽古をつけてくれと言うこともありあんす。気持ちもしっかりしてきたかも知れませぬ」

・・・

ときりりとした顔で言った。

「ほう、あの黄表紙好きの小弥太がなあ」

感心するように言った杉之介に、由乃は微笑(ほほえ)んだ。

「まあ、十日に一遍ぐらいであんすが」

と首をすくめ、平笊を大切そうに抱えて土間に入って行った。

厠(かわや)を出て畑の方を見ると、小弥太が畑のそばにしゃがみこみ、草むしりをしているのが見えた。杉之介は畑へ行って小弥太に声をかけた。

「赤卵を頂いたようだが、小母様に礼を言ってくれな」

小弥太は、顔を横に振って立ち上がった。困惑気な顔をしている。

「あれは昨夜、家に来たお客様から頂いたのであんす。御母様は、こんなに貰えないと言って押し返していあんしたが、無理矢理、置いて行きあんした。二十個も貰って嬉しかったんであんすが、昨夜、遅く帰って来た御父様が、隣近所のことを聞き出すために来るとは、と怒ってあんした」

徳衛門は裏表のない真面目な男である。突然訪れた男が、隣近所の噂や評判を聞きに来たと伝えられて怒ったというのは、もっともなことである。

「昨夜の客は知り合いなのか」

杉之介が聞くと、小弥太は顔を曇らせた。

「それが、亡くなった爺様(じじさま)の遠縁だと言ってあんしたが、御父様も御母様も知らないと言ってあんした」

と言ったが、小弥太はまだ何か言いたげである。

「言いたい事があるのだな」

杉之介は小弥太の顔を覗いた。そっと顔をあげた小弥太は、

「あのう……立ち聞きしては駄目だって言われてるけど……お客がずっと話し込んでるものだから、隣の部屋にいたので聞こえてきあんした」

小弥太の様子から隣近所とは、我(わが)神田家のことだな、と思った。もしや、その男が投文をしたのかと思った。

「立ち聞きは悪いが、聞こえてしまったんじゃ仕様がねぇな。隣近所ってのは、神田の家のことか」

聞こえてしまったのだから、仕様がないと言われて、小弥太は真顔になった。

「あのお客様は、由乃姉様のことを聞きに来たのであんす」

由乃のことだったのかと、聞き返そうと思ったが、話を続けるようにと促した。小弥太は不機嫌そうに言った。

「姉様が誰かを警護してるのかと……」

「警護と言ったのか」

杉之介は聞き返した。

「姉様が警護なんてするわけがないのに。御母様が悪いのであんす」

「……」

「姉様が剣術が上手いなんて自慢するものだから……」

と言って小弥太は又、俯（うつむ）いた。

由乃が筆頭与力の須崎一之進（いちのしん）から、一人娘の奈津が外出する時、御供（おとも）をしてくれと頼まれていることは知っている。それは警護という厳しいものではないようだ。

由乃は、今は亡き父である隆太郎に連れられて、幼い頃から須崎家を訪問していた。二人の気質は静と動。奈津様が静なら、由乃は動。が、二人は馬が合ったのか、仲が良かった。二つ歳下の由乃を奈津は、今でも妹のように可愛がっている。実際、二人が連れ立って歩いているのを見たら、仲の良い女友だちが歩いているとしか見えないようだ。それを警護と思っている者があるとすれば、由乃が小太刀の使い手であることを知っている者であろう。昨夜の客は誰から聞いたのであろう。一体、何の狙いがあるのか分からず不安であった。

「大きくて立派な卵ですぞ。これを食べて、今日も精を出して下され」

菊乃が朝餉の膳に出した赤卵は杉之介の膳にしかなかった。

「由乃が指南した礼に貰ったものであんす。由乃にもあげて下され」

杉之介が言うと、膳前に座った由乃が袂（たもと）から白い卵を取り出して嬉しそうに微笑んだ。

「今朝は我家の鶏も産んでくれあんした。御母様と二人で頂きあんす。兄様はたんと滋養をつけて下され」

と言って白い卵を割って小鉢に落とし入れたのである。

奉行所に出仕する前に、文七親分の店「夕顔」に寄った。文七は客に出す料理の下ごしらえをしていた。杉之介の様子を察したのか不審げな顔をした。

「旦那、何かあったんであんすか」

「昨夜、帰ったらこんなものが投げ込まれていたと……」

胸元から半切れ紙を取り出して文七に渡すと、「ああ、あの時の」と言いながら、半切れ紙の文字を一字ずつ見つめている。

「あれと、似てねぇか」

杉之介が聞くと、

「うーむ、あの時の脅し文と似てるかって……」

文七はじっくりと眺めてから顔をあげた。

「あれは、忘れもしねぇことであんす。うんだが、この脅し文……ちょっと違うんじゃゃねぇすか。仮名の文字にくせがありあんす。殺すのすの字。覚えてろのろの字。筆止めするまでに勢いがありすぎあんす。六年前のは、こんな字ではねぇ。あの時の下手人の字は、ちんまりしてあんしたな」

と言って、思案気な顔を杉之介に向けた。

「昨日、投げ込まれたと言いあんしたな。御宅の御家族に何か変わったことは……」

と文七は心配気に聞いた。

「この文と関りがあるか分からねぇが……」

と言ったが、杉之介は文七に話すのをためらった。

由乃の事を聞きに来た男がいたと、家族にはまだ打ち明けていない。屋敷を出るとき由乃に、いつも以上に身辺には気をつけろと注告しただけであった。

「何かあったんであんすな」

文七は急き立てるように聞いた。文七の目はごまかされない。話すより外はないと思った。昨夜、隣家に遠縁の者だと名乗る男が訪ねて来て、由乃のことを探っていったようであると伝えた。

文七は眉を顰めて言った。

「女の由乃ちゃんが、誰かの警護をしているのかって……穏やかじゃゃねぇな」

「俺もそう思うのだ。ただ……由乃は須崎様のお嬢さんの御供をすることがある。それを警護と言っているのか、端から見たら警護とは見えねぇはずだが……」

と杉之介が言うと
「由乃ちゃんに御供されたら困る奴の嫌がらせでは……由乃ちゃんが小太刀の使い手と知っている奴では……」

文七は狙われているのは由乃だと思ったようであった。が、杉之介は相手が何故由乃を狙うのか分からなかった。文七は杉之介に皮肉まじりの顔付きをして言った。

「須崎のお嬢さんの婿になりてぇと思っている御同心はいあんすべぇな。何しろ与力様は新田を持ってなさる。跡を継ぐことが出来るとなったら、色んな事を仕掛けてくるのじゃねぇのすか。由乃ちゃんに警護されていては邪魔なんであんすよ。とにかく、この脅し文は、六年前のとは違いあんすな」

と言って、早く奉行所に行き、調べて来た方が良いとすすめたのである。

三

奉行所の詰所に入ると、幼馴染で吟味方補佐役をしている有田数馬が、同心仲間たちと一服していた。話があるからと廊下に呼び出すと、昨夜は宿直番だったので、まだ眠いと言いながら出て来た。六年前の仙吉殺しの証拠物の一つである脅し文を見せてもらえないかと話すと、数馬は不審げな顔をした。が、すぐに上役から鍵を借りて来て、調書や証拠物を保管している部屋に連れて行った。

「ここで待ってろ」

と言って数馬は一人で中に入って行った。

廊下を静かに歩いてくる音がして、杉之介の脇を生真面目そうな若い男が通って行き、別室に入って行った。入れ替わるように数馬が出て来た。

「見つけたが、この事は上役に言ってないので、見たらすぐ返してくれ」

と言って杉之介に渡してくれたが、数馬は杉之介に付きっきりである。

投文を開いて、渡された六年前の脅し文と照らし合わせてみた。

数馬がのぞきこんで言った。

「何を調べているのだ」

「うむ……筆跡をな……」

数馬は驚いたような声を出した。

「似てるな。誰に寄こしたのだ」

「分からん。昨日、投げ込んだ者がおる」

杉之介が言うと、数馬は「貸せ」と言って手に取り、二枚の脅し文の字を一字ずつ見比べてから険しい顔をした。

「似てる……似てるが違うな。真似をしたのじゃねぇのか」

と言って投文を杉之介に返した。

杉之介が黙って頷くと、

「一体（いってぇ）、誰の仕業（しわざ）だ。だがな……やるとしたら、この六年前のを見た奴だな」

と数馬は眉根を顰め思案している。

証拠物の脅し文を見た者というが、奉行所内で執務する者なら誰でも保管室に入ることが出来る。そんな真似までして我家に脅し文を投げ込むだろうか。脅すつもりならだれを怨んでいるとか書いてくるだろうに、と思った。

それ以外に、この文字を真似できるのは、仙吉殺しの下手人である市助の字をよく知っている者なのだろうか。各人はどんな者なのかと推量してみるものの、全く分からなかった。

数馬が証拠物を返却し部屋に鍵をかけてから心配気に杉之介の顔を見た。

「お前、誰かに怨まれるような覚えはねえよな」

突然、そう言われてムッとしたが、数馬は家族と同様に自分を心配してくれる男だから、やむをえまいと思った。

「定廻りは、町方が安心して暮らせるようにと思って、やっているのだがな。悪いことをする奴らにしてみりゃ、取締る俺らが目障りなんだろうぜ」

と言うと、数馬は首を振った。

「そうじゃねぇ。お前自身のことだよ。近頃何か変わったことがなかったか、と聞いてるんだ」

数馬も文七親分と同じことを聞いてきた。

「……」

「あったんだな。言ってみろ」

「ああ……だが、俺のことではねぇ」

数馬は驚いたように両目を見開いた。

「何……お前ではねぇと、では母御か、それとも……」

「由乃を探りに来た男がいる」

「由乃ちゃんを……縁談とかではねぇのか」

「そんな話ではねぇ。隣に探りに来た男は、由乃が誰かの警護をしているのか、と聞いたそうだ」

「警護だと……本当に警護と言ったのか、そいつあ……定廻りや、見廻り組がすることだろう。女がするものではねぇ」

「ああ、俺もその言葉が気になってな。だがな、由乃は須崎家のお嬢さんが外出する時、御供を頼まれている。それを警護と言っているのか」

　と杉之介が言うと、数馬は何か思いあたることがあったらしく、辺りを見回して、

「ここでは話せねぇ。場所を移す」

　と小声で言って、誰からも見られないようにと納戸小屋に連れて行った。

「詰所にいた一番若え男なんだが、お前の様子を窺っていたように見えたんだが……知っている男か」

　と数馬は言った。

　先刻、自分の側を通って行った男の顔を思い浮かべながら、

「若え男ってのは、生真面目そうな痩せた男のことか、それなら数馬が中に入ってた時、俺の脇を通って行ったが、どこの組の者なのだ」

「やはりな、お前のことが気になって、跡をつけて来たのかも知れねぇな。全く得体の知れねぇ奴だぜ」

　と腹立たしそうに数馬は言っている。

「得体が知れねぇって、そうは見えねぇが」

　と数馬の言ったことを否定したが、もし自分の様子を窺いに来たとすれば、何か後ろ暗いことがあるのかも知れない。数馬はまだ言い足りないらしく、不満気な顔をした。

「一見、真面目そうに見えるんだがな……出番の日は仕事も淡々とこなしている。だがな下番（休日）の日は、何をしているのか分かったもんじゃねぇ」

「剣術の稽古には行ってはいないのか」

「そんな男じゃねぇ。与力小路の辺りをうろついているのを何人もの者が見てるのだ。お前がいう道場は上田同心組町の道場だろう。あの男は御弓町の同心だ。与力小路の辺りをうろついてどうするんだ。あの辺り

には須崎様の御屋敷があるのだ。全く薄気味が悪い奴だ」

「薄気味が悪いって……何だそれは……」

「ああ、俺の勘だがな。何か仕出かしそうでな。由乃ちゃんが須崎様のお嬢さんの御供を頼まれているんだろう」

「ああ」

「言いにくい話なんだが、お嬢さんが変な男に付きまとわれたと聞いたが、由乃ちゃんから何か聞いてねぇか」

「……」

「あの男じゃねぇのか」

数馬は杉之介に同意を求めるように言っている。杉之介は御弓町の若い同心の風貌を脳裏に焼き付けてみたものの、女につきまとうような男には思えなかった。

「由乃からその話を聞いたことはねぇのだ。それに、何かがあれば御袋に打ち明けるはずだがな」

と言うと、数馬はもどかしそうな顔で
「須崎様は由乃ちゃんに御供を頼んだ時、事情を言わなかったのかもな」

と言って、すぐに首を横に振った。

「いや、事情は言わなかったにしろ、由乃ちゃんが腕に覚えがある女だとご存知のはずだぞ。お嬢さんを護ってくれ、ということだろうな。でもな、一見、弱腰に見えても、相手は血気盛りの男だ。由乃ちゃんだって、叶わねぇ時があるんだ。それに、お前だって気を付けるに越したことはねぇ」

と真っ直ぐに目を見て忠告してくれたのであった。

杉之介は、今日八幡神社の祭礼で警衛をすることになっていたが、代わりの同心を手配してくれるようにと言って、奉行所を後にした。

四

八日町の「夕顔」へ急ぐ道々、数馬に言われたことが気になった。—誰かに怨まれるような覚えはないか—と、いつもの自分なら役目柄仕方あるまい、と自分に言い聞かせている。が、今日は違った。数馬の言葉が胸に応えた。以前にも似たようなことを言われたことがあった。

あれは、六年前の仙吉殺しの事件があった後のことである。
当時、杉之介には黒石野村の大百姓の家から嫁入りして来た新妻がいた。その妻は僅か八箇月余りで、去り状を置いて出て行ったのである。去り状には、自分は神田家の嫁は務まらない、と書かれてあった。本来、去り状は夫から妻に出す書状である。母の菊乃は「ずいぶんと見縊られたものよ」と立腹していた。

七年前の冬、杉之介の父隆太郎が卒中で倒れた。医者の話では、長くは生きられまいということであった。それを聞いた数馬は「親父殿を安心させてやれ」と言い、嫁探しを上田同心組町の組頭である大山作衛門に依頼したのであった。

組頭の伝で紹介されたふじという娘は、清楚で優し気に見えた。働き者だということは、組頭からも聞いていた。杉之介には、断る理由は何ひとつなかった。年の瀬が迫った師走の晦日、あわただしく祝言をあげた。

二人がゆっくりと過ごせたのは大晦日だけで、正月の一日から博打や盗み・盗品の売買・追いはぎ等の捜査に追われた。悪いことに、その後も酔っ払い同士の諍いで怪我をさせられたという事件もあり、その仕事に追われ、三月まで休む暇もなかったのである。

そして三月、仙吉殺しの事件が起きた。

仙吉の妻おけいは、気鬱の病になり、店の仕事も手につかないようであった。おけいの父文七も気持ちが落ち込んで、深酒をするようになった。ただ一人、気丈にふるまっていたおけいの母おゆうが、いっそ店を畳んでしまおうかと打ち明けた時は、杉之介も何とかしなければならないと思った。

被害者の家族には寄り添って話を聞いてやれということは、父親の隆太郎からも教えられていた。文七やおけいの様子を知った母の菊乃も、父親と同様に、励ましておやりと話していた。杉之介は毎日、文七の店に顔を出すようになっていたのである。

仙吉が亡くなって三月過ぎた頃、おけいは月の物がないので、もしやと思い、医者に見立てて貰ったところ、身籠っていると言われたのであった。

子宝に恵まれないと悩み、そのことで市助に付け込まれたおけいにとって、仙吉の子を宿したということを知った時、この子はきっと仙吉の生まれ変わりに違いないと思ったようで、そのことが病から立ち直るきっかけとなったようである。

その頃であった。あれほどおけいを励ましておやりと言っていた菊乃が、ある日突然――当分の間、親分の家に出入りしない方が良い――と言ったのである。文七も又、自分の方から上田同心組町の屋敷に毎朝出向いて来ると言ったのであった。

その時は事情を飲み込めなかったが、自分とおけいの仲を男女の仲と取沙汰する町の者たちがいたらしい、と後で分かった。

数馬が忠告してくれたのは、その頃であった。――毎日きちんと家に帰り、嫁御を大事にしているか――と言われ、返事に窮していると――怨み事を言われる前に、しっかりと嫁御の心を掴んでおけよ――と釘を刺されたのであった。新妻だったふじと睦み合ったのは、何度あっただろう。四月からは碌に顔も見ていない。これではふじに愛想尽かしされるだろうな。何とかせねばなるまい。

そう思っていた矢先であった。ふじは神田家に去り状を置き実家に帰って行った。

あの時、ふじを迎えに行かなくともいいのかと菊乃に聞くと「義父の看取りも最後までやらず、女から去り状を置いて出て行くなど、あるまじきこと、迎えに行くことなどない」と反対したのであった。

実家に戻ったふじは、翌々年呉服町の太物商、清兵衛店当主の後添えとなった。親子ほど年の離れた夫なそうだが、跡継ぎを出産してからは、ふじを大切にしてくれ、今では倖せに暮らしているという。ふじが出て行った頃は、妻の気持ちを分かってやれなかったと悔やんでいたが、同心仲間たちが、おふじさんはひと皮むけていい女になった、町で暮らすと垢抜けるのだなという噂も広まっていたそうである。

数馬に言われて、ふじを思い出していた。そして、ふじと由乃の間にあった勘違いの出来事が頭を過った。

（まさか、そんなことはあるまい。あれは由乃の見間違い。文机の上に載せられていた文箱の中から、ふじがあの脅し文を取り出して写したりするなど、そんな大胆なことをするはずがない）

が、由乃はふじが半紙に何かを写しとっていたと言うのである。あの時、由乃は九つであった。新妻の兄嫁に馴染めない由乃が、誤解したのだと菊乃は諫めていた。由乃が菊乃に、ふじの事を告げたのは、四月のあの事件のあった頃である。それから何事もないように思っていたが、由乃は「おふじさんが実家に帰ったのは私が御母様に告げ口をしたからなんだね」と言ったようである。

　菊乃はそれを否定し「由乃のせいではない。あの頃から、ふじは去り状を書く練習をしていたのだと思う」と言って、「これ以上はふじのことをあれこれ言ってはなりませぬ」と釘を刺したそうである。

　小料理屋「夕顔」の暖簾を潜ると、文七の姿は見えず、女房のおゆうが調理場にいた。

「親分は」

「あれ、旦那、お戻りであんしたか。その辺りで会わなござんしたか」

　とおゆうは外の方に目をやっている。

「何処へ行くと……」

「さあ、出掛けてくるとしか……そういえば先刻まで其処さ座って、由乃ちゃんと話してあんしたが……」

　と、小上りに目をやった。

「由乃がなあ……何用だったか分かるか」

「さあて……それに、ひそひそと……」

「……」

　人に聞かれては具合の悪い話だったのか、やはり須崎家の奈津お嬢さんに付き纏っている男のことなのかと思った。奉行所で会った若い男の顔がちらついたが、何か腑に落ちない気がした。いずれ、そのことについては由乃に確かめねばなるまい。それにしても親分は何処に、何を調べに行ったのだ。由乃の話とは一体、何なのだろうと思いながら、杉之介は文七の帰りを待った。

　おゆうが茶漬け飯に煮付けたばかりの身欠き鰊を出してくれた。

「そろそろ、お客様が入って来る頃であんすから、早めに召し上がって下んせ」

「いつも御申訳げねぇな」

　と言って箸を付けはじめると、おゆうは杉之介の向かいに座った。白湯を飲みながら孫息子の話を始めた。おけいの夫だった仙吉によく似て、きかん坊だが家族に元気を与えてくれているというのである。

「そうか、父親がいなくとも親分たちに育てられ元気に育っているのだな。これからも楽しみだな」

杉之介は、おけいと、その息子仙太郎の顔を思い浮かべ、束の間、笑顔になっていた。

「旦那、仙太郎は今年の十一月に七つになりあんす。寺子屋さ通(かよ)わせたいと思ってあんすが、何処が良ござんすか」

おゆうが真顔で聞いた。

「もう七つか。橋の向こうにもあるがな。上田同心組町も良いぞ。俺も通っておった。百姓の子も通っておるが、皆、勤勉な子等のようだ。厳しいが、どの子にも分け隔てなく教えてくれている立派な先生だと評判のようだ。一度のぞいて見たら良い」

杉之介が話すと、おゆうは嬉しそうに頷き残さずに食べた昼餉の膳を下げて行った。

## 五

文七が思案気な顔で帰って来た。杉之介の顔を見るなり

「由乃ちゃんが店に来あんしたが……」

と言って店の裏の住居に目をやってから

「中で」

と言い、杉之介を住居に案内した。中に入ると、おけいと仙太郎の姿は見えなかった。

「おけいさんと仙坊は……」

「仙吉の御袋さんさ、惣菜を持って行かせあんした」

と言って八幡町で置屋をしている仙吉の母に、時々、店で作った惣菜を届けさせていると話した。が、何やら困惑気な顔をして長火鉢の前に座ると、思い切ったように口を開いた。

「由乃ちゃんから菊乃様や旦那様には確かめるまで言わないでと、口止めされたのであんすが、そういう訳(わけ)にもいかねぇことになりあんした」

と言うと、昨日上田同心組町に由乃の事を探りに来た男のことを話した。

「あの手代風の男のことを、由乃ちゃんは隣の坊ちゃんから聞き出したそうであんす」

「卵を届けた男のことをな……」

「へぇ、なかなか話してくれなかったそうであんすが……問い詰めたら」

「話したのだな」

「へぇ、顔の特徴まで聞き出したそうで……」

「何っ、小弥太の奴、盗み聞きだけではなかったのか」

「へぇ、障子の紙に少しだけ穴を開けて、覗いたようで……」

（小弥太の奴、由乃の口車にのせられて、白状したのだな）

「それで、その男どんな顔だと……」

「目玉がギョロリとして、左の頬に大きな黒子がある若い男だと……何しろ隣の奥方は、その者を上がり框に座らせて、行灯を置いてたそうで……よおく見えたのであんすな。それを聞いて、由乃ちゃんはピンと来たと言ってあんした」

「知ってる男だったのか」

「へぇ、その男に跡をつけられたことがあったそうで……」

「跡をつけられたと」

「何で付けられたのか、その時は分からなかったそうで、それに、その時この店あたりで巻いたようで……」

と文七は得意気にニヤリと笑った。

「ところが、その三日後、紙町の紙屋に入ったその男を見掛け、男が紙屋から出て来るのを待って跡をつけたって言うんでさ……」

「由乃には危ねぇ真似をするなって言ってるんだが、大丈夫だったのか」

「由乃ちゃんなら抜かりがなござんすよ。旦那……その男は何処さ行ったと思いあんすか」

「……」

「呉服町の清兵衛店だったというんであんすよ」

（ふじが嫁いだ店だ）

杉之介は不吉な予感がした。

「店に入った男は、清兵衛店の奉公人だったのか」

「へぇ、由乃ちゃんは、あの店に入ってはいけねぇので、隣の古着屋で聞いてきたそうであんす。やはり、奉公人だったそうで……」

「若い手代風の者だったが、いつから奉公をしているのだ」

「へぇ、それが、一月ほど前に、おふじさんの紹介で入った手代なそうであんす。由乃ちゃんは、もっと詳しく聞きたかったようであんすが、あまり聞き出したら変に思われるってんで、急いで帰って来たそうであんすが、まさか、あの手代とやらが由乃ちゃんを探りに来た男だと知って、血相変えて手前の処に走って来たって訳なんで……」

（手代を使ってふじが我家のことを探りに来たというのか……今更、一体何を探りたいのだ）

杉之介は腹が立った。が、その気持ちを抑えて文七に言った。

「それで、親分が呉服町に行ってくれたんだな」

「へぇ、あんな由乃ちゃんを見たら、こうしちゃいられねぇと……まずは古着屋に行っておふじさんの様子を伺おうと思いあんして……」

そう言って文七は杉之介の顔をじっと見た。

「旦那……一体、由乃ちゃんとおふじさんとの間に何があったんであんすか」

杉之介はことばに詰まった。が、こうなっては文七にも言わねばなるまい。暫くは口を噤んでいたが、ためらいがちに口を開いた。

「由乃は、ふじに懐かなかったようだ。初めからそうだったのではないと思うがな……三月を過ぎた頃だったかな……由乃が不満気に俺に言ったんだ」

「……」

「兄様はおふじさんを好い女だと思いあんすかとな……何を言いたいのだと思ったが、それ以上の事は何も言おうとしないのだ」

文七はちらりと杉之介に目をやってから、「好い女なのかと……まだ小ちゃえのに、何か不審に思うところがあったんであんすな」

「俺は、小生意気なことを言う奴だと思ってな、好い女と思ったから嫁にしたんだ、ときっぱり言ってやった。だがな……いま思うとな……」

「由乃ちゃんは勘が働く利発な子であんしたからな」

と文七は得心するように言った。

「俺の返事を聞いても、由乃はずっとふじの様子を見てたのか……」

杉之介は独り言をつぶやくように言った。

その言葉を聞き逃さなかったようで、文七が杉之介に顔を向けた。

「やはり、何かあったんであんすな」

「うむ、あれはふじが神田の家を出て行く大分前のことだ。ちょうど仙吉殺しの事件があった頃だった。ふじが半紙に何かを写し取っているのを見たと、お袋に告げたのだ」

と杉之介は苦り切った顔をした。文七が顔色を変えた。

「写し取っていたというのは……」

「おけいさんに送り付けてきた脅し文だ。証拠物の一つなので、奉行所に提出するために文箱の中に入れておったが、ふじがそれを写し取っていたと言ってな」

文七が顔を顰めた。

「なんとまた、大それた事を」

「まさか、ふじがそんな事をするはずがないと俺は思ったのだ」

「で、菊乃様は何と申されあんしたか」

杉之介の顔を窺うように文七は見ている。

「御袋は見間違いだろうと言って、由乃を叱責してその場を治めた。あれから家の中は女同士で気まずかったようだ。そして、八月の終わりにふじは神田の家を出て行った。だが、ふじが実家へ帰ってからも、先方からは何の音沙汰もなかった。このままではと思って迎えに行くと話したら、御袋がそんなことはするなと止めたのだ。あの時の御袋の顔は、今でも忘れられない。ふじの事を不審に思っていたかも知れぬな……出て行ったのも俺が追い込んだのかもな」

と、杉之介は悔やみ顔をした。

「そんな事があったんで……それで由乃ちゃんは、あの男が清兵衛店の手代と聞いて、何か企んでいるのでは、と思ったのであんすべえな。どんな経緯であの店に入ったのか調べてほしいって言ったんでさ……まさか、おふじさんの親戚だと言って、御当主に頼みなさったとは……どうも腑に落ちねぇな」

文七は御店に奉公に上る者は、十二、三の年少者で丁稚から年季奉公するものだが、手代で奉公に入るのは何か訳があるのではと思っているようである。

「ふじの親戚に御店者がいると聞いたことはなかったな……遠縁の者か……いやそれも聞いてはいない。そうなると隣の家に遠縁の者だと言ったのも眉つばものだな。あの者が何者なのか、調べてみねぇと……」

杉之介は険しい目付きをした。文七が大きく頷くと、

「さっそく、あの男の出入りする処を探りあんす」

と杉之介の目を見たが、すぐにその目を逸らして言った。

「旦那、古着屋への聞き込みは、手前一人で行った方が……」

文七は自分に気を遣っているのだなと思った。

「ふじの店の隣の店だからといって、気を遣うことはねぇ。これは俺の務めなんだから」

自分の家族を脅かそうとする者は、誰であろうと許してはならぬと、杉之介は思ったのである。

文七が昼餉を終えると、すぐに二人は呉服町の古着屋に出向いた。店の亭主は五十路を超えた人の好さそうな男だった。隣の店の様子を聞くと、

「番頭さんも、ずっと前からいる手代の栄助さんも、今度入って来た格三さんを得体の知れねぇ奴だと思っているようで……本当に御内儀さんの親戚なのかなあと、言ってるそうであんす」

と言ったが、杉之介がその話は誰から聞いたのかと言うと
「丁稚の信吉であんす。信吉は番頭さんから格三さんが御内儀を呼び出したら、気取られないようにして様子を見ていろと」

と亭主は時々隣の店に顔を向けながら言った。

「するってぇと、丁稚に格三と御内儀さんの様子を見張らせてるのか」

文七は驚いたように言った。

「へぇ、手前の妹の子で、三年前から奉公させて貰ってあんす」

と愛想よく笑って応えている。

「親爺さんの甥っ子なのだな。それでは、隣とは余程親しくしておるだろうな」

と、杉之介が聞くと
「へぇ、清兵衛さんは大した肝の据わったお人であんす。それに御内儀さんも親切な人で信吉にも良くしてくれてるようであんす。勿論、うちにもであんす」

「ほう、いい店なんだな。でぇ、番頭さんは何で……」

「へぇ、それなんで……一月ほど前に格三さんが御店に奉公に上ってから、御内儀の顔色が悪いというので、番頭さんが変だと思ったようで……」

と亭主は杉之介の顔を心配気に見た。

「何か、分かったのか」

「へぇ、甥っ子の信吉は、言いつけられた通り二人の様子を見ていたら、何やら御内儀さんが格三さんに脅されているようだと思って、番頭さんに言ったそうであんす」

と困惑気な顔で亭主は言った。

「何を……脅されているのは何なのか、分かったのか」

と杉之介は聞き返した。

「御内儀さんの巾着袋を格三さんが道端で拾ったと言ったそうであんす。うんでも、御内儀さんは落としたのに番所にも届けていなかったようで……格三さんはこの袋を番所に届けても良いのかと言ってたそうで……変な話しであんすべぇ」

「ふむ」

「番所さ知られたら都合の悪いものでも巾着袋の中に入っていたのかなと、番頭さんが言ってたそうであんす。もう少し様子を見ていろとも。そしたら翌日、格三さんが、これで三度目だなと言って、巾着袋の中から紙切れを出して御内儀さんにちらつかせていたそうで……」

亭主は心配気に二人の顔を窺っている。

「紙切れって、それは何なのだ」

文七が急くように聞いた。

「半紙のような紙に、字が書かれていたと」

杉之介と文七は顔を見合わせて頷いた。

（やはり、ふじは写しとっていたのか。何故そんなことをしたのだ。その紙を六年も捨てずに仕舞っているなんて、馬鹿な女だ）

杉之介の胸に後悔の念が生じた。あの時、母の反対を押し切って迎えに行ってやれば、こんなことにはならなかった。だが、悔やんでみたとて、どうしようもないことだ。今は手代として入り込んだ格三という男が何を企んでいるのか捜査し、悪事の現場を捕まえるしかないと思ったのである。

六

格三を見張るために清兵衛店の斜向かいの小間物店に部屋を借りた。二階の部屋から格三の動きを見張っていたが、その日、格三は外に出る様子はなかった。

翌日も文七と清兵衛店に出入りする客を窺っていると、店の客には似つかわしくない身形の老女が店先に立って中を覗いているのが見えた。若い男が出て来た。目玉がギョロリとしている。格三のようである。老女に丁寧に辞儀をしてから往来に目をやり、老女を中に招き入れた。畳の間に老女を上らせて、反物を数本広げて見せているのが小間物店の二階からもよく見える。老女は反物を手に取り眺めているが、どれをすすめられても首を横に振っている。格三は愛想笑いをしながら広げた反物を巻き戻して老女の耳元に顔を寄せ、握った拳から三本の指を突き出して見せた。反物の値段を割引くと言っているようにも見える。老女は手を横に振って立ち上がった。格三が丁寧に辞儀をした。

空手で外に出た老女は、店先で掃き掃除をしている信吉に声をかけ、肴町の方へと歩いて行った。老女を見送った信吉は掃除道具を素早く抱えて、裏口へ入って行く木戸を開けて中に入って行った。

四半刻（三十分）程して、格三が風呂敷包みを抱えて外に出て来た。杉之介と文七は顔を見合わせて腰を上げた。

格三は時折、後ろを振り返りながら肴町の方へ向かった。今日は盛岡八幡宮の大祭で人出が多く、格三を見失わないようにしなければならない。格三は肴町の角から生姜町に向かった。参詣に行き交う人々が多い中、向こうから、いかにも裕福そうな身形の老婦がやって来るのが見えた。擦れ違いざま、格三は素早く老夫婦に目をやった。

（あの鋭い目付き、鴨を見つけた時の目付きではねぇか）

格三はこれと目を付けた人々に鋭い目付きを送っただけで、事を起こさなかった。

文七が囁いた。

「ありゃ、鴨の値踏みをしてるのだな」

「目を離すな」

杉之介が言うと

「やったらすぐ、縛りあげあんす」

文七は急いているようである。

「うむ」

と頷いたが、格三の正体は、ただの掏摸ではないと杉之介は思った。太物商の清兵衛店に手代として入り込んだのは、ふじを脅して金銭を奪うためだけなのか、それとも、もっと大きな物を強奪(ごうだつ)するためなのか、一体、今抱えている風呂敷包みの中味は何なのか、それを何処の誰に届けるつもりなのかと、考えながら格三の跡をつけた。

格三は掏摸を働かずに八幡宮神社の鳥居を潜り、境内に入った。境内の参道の両脇には、香具師(やし)の出店と飲食の屋台が立ち並んでいる。格三はそれらの店には目も向けず、真っ直ぐに歩いて行き、面売りの店で立ち止まった。面売りの老爺と何やら話し込み、阿亀(おかめ)の面を買った。

格三は阿亀の面を付けて歩き出した。

「やるつもりだな」

文七が言った。

「目を離すな」

と杉之介は文七に強く言った。が、格三は面を付けても巾着袋を掏(す)る様子はなく、真っ直ぐに八幡神(はちまんしん)を参拝すると、面を付けたまま戻って来た。

「拝んでからやる気なのか」

文七が苦々しく言った。が、格三はその後(あと)も面を付けたまま人混みの中を歩いて行き、鳥居を出て松尾町の方へ向かった。

(何もしていない。一体、どういうことだ)

文七が嘆息をもらして言った。

「十三日町へ入りあんすぜ。このまま呉服町へ帰るつもりか、あの野郎、跡をつけられていると分かってるのか」

杉之介もそう思った。が、突然、格三は仕舞屋(しもたや)造りの家の前で立ち止まって、往来の様子を窺うように見てから、入り口である戸板を叩いた。

杉之介と文七が斜向かいの金物商の店に寄って様子を窺うと、先刻、清兵衛店に客として来た老女が顔を出した。格三が家の中に入って行った。

「あの婆様(ばさま)だ。面売りの親爺(おやじ)も皆、ぐるだな。一体、何を企んでいる」

と文七が憎々し気に言った。杉之介は金物商の店主を呼んで

「あの仕舞屋には、誰が住んでおる」

と聞くと、店主は二人が奉行所の者と知ったらしく

「出入りが激しいので、はっきりとは言えねぇござん

す。一月前からは、爺様と婆様が居るようで……」

「二人だけなのか」

「ああ、今、若ぇのが入って行きあんしたが、あれは時々で、そういえば目の細いもう少し若ぇ男が居りあんす。笑った顔は見たごとがねぇ冷てぇ目をした男が居あんす」

と店主は不愉快そうに言った。

「他に出入りはねぇのか」

文七が責付くように言った。

「昼間はあまり出入りがねぇが、夜分になって、通りの店が閉まってから訪ねて来る旅人風の者もいるようであんす」

「一体何処から来て、何を業としてるのか、分かるか」

杉之介が店主に聞いた。

「どこから流れて来たなんて、さっぱり分からねぇござんす。お祭りでお面こ売っているらしいんだが、終わればいなくなる連中なので、その間に何か起きた時は番所さ知らせるしかねぇのす」

一刻（二時間）ほどして、風呂敷包みを抱えた格三は、そのまま呉服町に歩いて行った。

格三が清兵衛店に入ったのを見届け、隣の古着屋に入ると、店主が周章てて声を掛けてきた。

「大変な事になりあんした。今、清兵衛さんが御内儀さんから聞き出したそうでござんす」

と言って、中の部屋に顔を向けた。信吉が顔を曇らせて、長火鉢の側に座っている。部屋に上がって信吉に聞き出すと
「格三さんが御内儀さんに見せていた紙切れは、格三さんの手荷物の小ちゃえ箱さ入れたのを見たって、番頭さんさ教えたんだ。そしたら、旦那さんと番頭さんが俺を連れてって格三さんの手荷物を調べ、箱の中を開けてみたら、文字を書いた紙っこはあったけど、線を引いて描いたような紙っこは見つからなかった。うんでも、俺、本当に線を引いたような紙っこを入れたのを見たんだ」

と信吉は真剣に訴えている。

「線を引いて描いたものだと……」

杉之介は文七と顔を見合わせた。文七は厳しい顔で頷いた。

「あの風呂敷包みの中には、清兵衛店の部屋の間取り図が入ってたのだ。格三が婆様さ見せたあの三本指は丑三ツ時の三ツだな。今夜にでも……」

杉之介は、今夜にでも押込みはあるかも知れないと思った。

「親分、この事をすぐに清兵衛さんに伝えてくれ。格三に気取られないように用心しろとな。俺はすぐ奉行所に行くぞ」

文七は任せて下んせと言うと、信吉に顔を向けた。

「信吉、お前は此処さいろ。実家のおっ母さんが倒れて家に帰ったことにすると、清兵衛さんに伝えておく。分かったたな」

と伝えると、信吉はホッとした顔に戻った。

「ところで、御内儀さんはどんな様子だ」

杉之介が聞くと、信吉は又、心配気な顔をした。

「旦那さんに厳しく聞かれ、初めは泣いてあんしたが、話し終わった後すぐに按配を悪くして倒れあんした。今は奥の部屋で休んでであんすが、旦那さん以外は誰も入ってはいけねぇと言われてあんす」

信吉が話し終えるのを待って、杉之介は奉行所に走った。走りながらふじの事を考えていた。脅し文を写しとって、六年間も巾着袋の中に仕舞い込んでいたのだから、清兵衛さんに、どう責められたって言い訳の仕様がないだろう。按配が悪くならねぇとしたら尋常の女ではねぇな。余程の悪女だろうなと思った。と同時に、ふじは倒れ込む程、一月あまりを怯えて暮らしていたのかと、元妻を不便に思っていた。

七

十三日町の仕舞屋の向かいの荒物屋に、捕方等が手配された。八幡宮の祭りで面売りをしている老爺を掏摸の頭と知った町奉行の渡辺保衛門は、頭が面売りを終えて帰って来るのを待って、一斉に捕縛せよと命じた。

亥の刻（午後十時頃）、面売りは老人と思えぬ程の早足で帰って来た。家の中に入ったのを見届けてすぐに、杉之介は文七親分、捕方十名を引き連れ、戸口を蹴破って中に討ち入った。掏摸仲間は押込みの身支度をしている真最中だった。

頭は関八州で野鼠の銀助と異名をとった巾着切りの

名人。そして女房のおしげとその息子の格三。三人は黒装束に身を固め、草鞋のひもを結んでいた。捕方等は突棒で囲い込みをし、難なく捕縛することが出来た。ところが金物商の店主が、冷てぇ目をした男がいると言ったのに、その男が見えない。家探しをしたところ、押し入れの中にいることが分かった。戸を開けると、匕首を突き出し飛びかかって来た。が、三名の捕方で抑え込み捕縛した。

　この男が仙吉殺しの下手人市助の実弟、幹助であった。履物商の市助が人を殺したので客が寄り付かなくなり、店は潰れた。当時十五であった幹助はぐれて、やくざ者と連んでいた。その幹助を盛岡に流れてきていた掏摸の銀助夫婦が拾って、掏摸に仕込んだのであった。捕縛された者等は、清兵衛店に押込み（強盗）をしようと謀った科で、長町の揚屋（未決の囚人が入る場所）に送られた。

　御会所場（裁判所）の白洲で裁きを受けることになった四名の者と、金子二両（二十万円）が入った巾着袋を盗られた清兵衛店の御内儀ふじ、そして当主の清兵衛が、白洲に正座している。白洲の座敷には町奉行、縁側に与力の吟味掛である須崎一之進、その下役である同心の有田数馬等が端座している。杉之介は奉行の計らいで、清兵衛夫婦の様子が見える別室にいることが許された。

　吟味掛が詮議した調べ書を読み上げ、罪状の認否をさせて、沙汰するようである。

　奉行が大きな声を発した。

「野鼠の銀助の手下である幹助。その方は八日町の八日の市で、出店を覗いていた清兵衛店の御内儀から巾着袋を掏り取ったこと、相違ないな」

　幹助は取り調べの際に罪を認めず、抵抗したようで、顔や両手に殴打されたような痣が見える。捕縛者の中で一番しぶとく抵抗したと数馬から聞いていたが、同心等の強い責めには抗いきれず、観念したように見えた。後ろ手に縄でしばられたまま、幹助は下を向いて頷き、科を認めたのである。

　奉行は座敷から縁側に出て来て、白洲にいる格三を見据えた。

「格三。その方は、幹助が掏った金子二両を奪い取って我が物にしたばかりではなく、御内儀が半紙に書いて忍ばせていた歌を脅しに使ったと、調べはついておるが、相違ないな。

（歌……あれは歌ではなく、脅し文の写しであろう。御奉行は何を知っているだ）

杉之介は釈然としなかった。格三の袖がたくし上げられ、二の腕が見える。が、鞭で討たれたらしく、傷の跡が見える。格三が口を尖らして言った。

「御奉行様。やったことは認めあんす。ただ……この度の脅しと押込みの話を持ち出したのは、この幹助であんす。仕返しをしてやりてぇと言って……」

奉行の声が一段と高くなった。

「黙れ。誰が話を持ち出そうが、其の方が極悪非道をやったことには違いない。不届千万である。罪を認めるか」

奉行の気迫に満ちた態度に、格三は黙って頷いた。格三の親である銀助とおしげ夫婦は息子が項垂れる姿から顔を背けているのが見えた。その二人を見て奉行が言った。

「して、この悪党等の親方である野鼠の銀助とその妻おしげ。其の方等は、巾着切りのみならず、今迄やったことのない押込みを謀ろうとしたのは、何故である」

奉行に糺されて、銀助が目に涙を滲ませ、頭を下げた。

「許して下んせ。この年寄は、此度で裏稼業を止めて、静かに暮らそうと思っておりあんした。ただ、それには口過ぎにする銭がねぇので……」

野鼠の銀助と異名をとった男にしては、あまりに弱々しく見えた。

奉行が顔を歪めた。

「銀助。嘘涙は許されないぞ。裏稼業の巾着切りを止めようと思っていたなら、そこにいる二名の者の悪事を止めることが出来たはずである。口過ぎだと……表の稼業は香具師と聞くが、香具師で暮らしを立てている者もおるのだぞ。真面な稼業をしている人々は、お前等のような者に、強奪されるために銭を貯えているのではない。人々が少しでも豊かになるように、世間の金回りを考えているのだ。銀助・おしげ、其の方等は息子等と謀って押込みをしようとした事、相違ないな」

奉行が縁側から四名の者に、沙汰を申し渡した。

「野鼠の銀助・おしげ・息子の格三、そして一味の幹助、其の方等四名を遠島とする」

四名の科人が捕方に引っ立てられて行くのを厳しい目で見送っていた町奉行が、白洲に顔を向けた。

「さて、其処におる両名の者に訊ねる。其の方等は、呉服町の太物（ふともの）店の当主清兵衛と女房のふじに相違ないな」

四名の科人へ沙汰を申し渡した時の声とは違って、奉行の声が低くなった。

頭を下げていた清兵衛が恐る恐る顔を上げて応えた。

「さようでござんす」

清兵衛は、沙汰があると思っているのか、覚悟を決めているようにも見える。ふじは低くしていた頭を更に下げた。座っている莫座の上に頭が触れんばかりである。奉行は暫く二人を見ていたが、声を高くした。

「清兵衛の女房ふじに訊ねる。其の方は何故（なにゆえ）この白洲に呼び出されたか、分かるか」

ふじは泣いているのか、顔を上げない。暫くして、怖ず怖ず（おずおず）と顔を上げた。

「私（わたす）が巾着袋を落としたことを番所さ届けなかったからだと思いあんす」

ふじの瞼（まぶた）は赤く腫れ、奉行の問いに怯えているように見える。

「二両も入っていた袋を落としたのに、届けなかったというのは、何か訳があったのか」

奉行がきつい声で糺した。

「……」

「其の方が隠しておきたいと思った物は、この二枚の書き物であろう」

吟味方から差し出された半紙二枚の一枚目を読み上げた。六年前に仙吉殺しの下手人が書いた脅し文を写し取ったもののようである。

「今、読み上げたものは、六年前に其の方が写し取ったもので、本物ではない。が、これを隠し持っていた為に、其の方は此度の事件に巻き込まれたのだぞ」

奉行の言葉に、ふじは何も応えず、さめざめと泣いている。二枚目の書き物を読もうとした奉行が、ふじの顔を暫く眺めてから

「其の方、六年前は上田同心組町の同心の妻であったな」

　と訊ねた。ふじは黙って頷いた。

「元の夫に何か怨みがあったのか」

　ふじを叱責するような声で奉行が言った。

「いいえ、怨みなどございませぬ」

　何度も首を横に振って、ふじは応えた。

　奉行は、ふじをじっと見ていたが、その顔を隣に座っている清兵衛に向けた。

「清兵衛、其の方の妻が、掏摸の格三に脅されていると打ち明けたのは、いつのことであったか」

　清兵衛は困り切った顔で言った。

「御申訳げなございんした。ふじの夫でありながら、打ち明けられたのは押込みに入られる日の午の刻過ぎでございんした。御奉行の御手配で捕方の方々に捕まえて貰わなかったならば、今頃どんなことになっていたかと、怖ろしさでぞっとしあんす。真に感謝の気持ちで一杯でござりあんす」

　清兵衛が奉行に感謝の意を話すのを聞いているふじは、震えながら頭を下げている。それを見た奉行がふじを糺した。

「ふじ……其の方は怖ろしい目に遭っていながら、何故、当主の清兵衛に打ち明けなかったのだ」

　茣座に頭を付けて泣き伏したふじの姿を見て、清兵衛が声を上げた。

「御奉行様、責めは私にもありあんす。見てのとおり、ふじと私は親子ほど年が離れておりあんす。ふじが私の後添えになったのは、実家の弟が嫁を貰うことになったのであんすが、出戻りの小姑がいては上手くいかねぇのではと、両親がふじを説き伏せたと、後で聞こえて来あんした。嫁に来た頃は寂しそうにしてあんしたが、翌年、跡継ぎが生まれてからは、倖せそうに見えあんした。それに、ふじは私の妻になってから、出掛ける時に店の売り物になっている着物を着て歩き、町の人々から評判をとるようになりあんした。私も、良い内儀になる嫁を貰ったものだと思ってあんした。それに……この度の事件を除けば、私にとっては素直で可愛い、まるで娘のような嫁であんした。うんだが……」

　と言って清兵衛は胸が詰まったのか、悩まし気な顔をした。

「ふじにとっては……夫として物足りない何かがあったのだと思いあんす」

清兵衛は、これまでのふじに対する接し方を省みて、思うところがあるのか、暫く黙り込んだ。

「それで……何か足りなかったとは」

と奉行が言った。清兵衛は躊躇いがちに、口を開いた。

「御奉行様……もう一枚の書き物がござんすが、そこに夫を待つふじが」

と言って、清兵衛が口を閉じた。

奉行は白洲にいる清兵衛に、見せるように半紙を開いた。

「この歌であるな。読み上げるぞ」

――臥待の雲の切れ間に見えし男
彼は誰時の田名部の弟――

奉行が最後まで読み切った時、杉之介は愕然とした。そして、すぐに震えが来た。

田名部の弟とは、幹助のことだ。六年前の臥待の月（八月十九日の月）の彼は誰時（夜明け前）に、家のそばに幹助がいたのを見たと、ふじは歌に書いたのだ。それを神田の家族には伝えずに、去り状を置いて出て行った。伝えなかった訳を知りたかった。奉行は、歌を書いた半紙を吟味掛りに渡すと、白洲を見渡した。

「儂も、この歌が不思議でならなかった。何故、誰にも知らせずに、この紙を仕舞い込んで上田同心組町の同心の家を出て行ったのかな……ところが、ふじと元夫の同心を良く知っている吟味方補佐役が教えてくれた。下手人の弟である幹助の自白と合わせてな……」

と奉行は事情を知っている有田数馬が詮議に加わったので分かったと言っている。清兵衛は、ふじが書いた歌は、吟味方で詮議してから元夫である杉之介に見せてくれと、懇願したそうである。杉之介は、奉行が自分をふじから見えない部屋に座らせた狙いが良く分かるのであった。

奉行の声が穏和な声になった。

「ふじ、もう一度聞く。其の方は六年前の臥待月の日、明け方まで夫が宿直番であることも知らずに、帰りを待っていた。歌の冒頭に臥待とあるが臥の漢字には、わざわざふじと振り仮名を付けてあった。其の方は夜明け方まで待っていたのだな」

「……」

ふじは無言のままである。

「夜明け方……臥待の月が沈む頃であっただろうが、その日は雲がかかって月は見えなかったようだな。だが、その時だろうな、外で物音がした。其の方は夫が帰って来たと思って、庭に出た。そうだな」

奉行が話しかけるが、ふじは表情を変えない。奉行はそのまま話し続けた。

「外に出ると、雲が切れて月の光が差して来た。男の姿が現れた。夫だと思って側に寄ると、夫ではなかった。月の光に照らされて見えた男は、あの頃、まだ十五だった幹助だったのだ」

ふじは当時を思い出したのか、険しい顔をして下を向いた。奉行がふじに言った。

「このことを幹助に確かめたら、そうだと認めたぞ。そればかりか、家のそばには何度も行ったことがあったそうだ。ふじの事は、商(あきない)にする草鞋(わらじ)や草履(ぞうり)を受け取るために黒石野村の実家に行っていたので、良く分かっていたそうだ。何のために行ったか幹助に糺したが、最後まで言わなかった。ただな……おふじさんは俺の顔を見るなり、まるで人殺しでも見るようにして怖がって逃げて行ったとな……」

奉行は、白洲から目を離し、宙に顔を向けて話し始めた。

「確かに此度(こたび)の事件は、幹助が仕組んだものである。極悪非道である事も、その通りだ。だがな……兄は下手人だったが、当時、弟の幹助に咎があったわけではない。まだ十五だった。兄のために客が寄りつかなくなり、店が潰れ、世間に放り出され、白眼視された。兄が悪いと知っていても、自分の境涯を怨んだろうな。誰かを頼りたかったかも知れないな。それを思うとな……」

奉行の言葉は自分に言い聞かせているのだなと思った。幹助が頼ろうとしたのは、仏の隆さんと呼ばれていた杉之介の父親だったのかも知れない。が、その一月(ひとつき)前の七月に父が他界していることは、幹助は知らない。幹助はふじを通じて神田家の誰かに、今の境遇を聞いて貰いたかったのかも知れない。いや、彼は誰時

（夜明け前）に、庭にいたというのは、朝になるまで幹助は俺を待っていたのかも知れない。だが、顔見知りのふじに怖がられて逃げられた。幹助は絶望したに違いない。杉之介は、ほぞをかむ思いであった。

　宙をみていた奉行が、ふじに顔を向けた。

「ふじに申し付ける。其の方の夫である清兵衛は、父親のような気持ちで其の方に接していたそうだな。ならば、その保護の下で初めからやり直してみては、どうかな。御内儀として、隠し事のない真を、当主に尽くし御内儀としての務めを全うさせるように励んでみてはどうかな。分かったな」

「は……はい」

　ふじは顔を上げ、真っ直ぐに奉行を見つめて頷いた。

「ならば、此度に限り、叱責に加え、一月の禁足を申し渡す。当主の清兵衛は、十日毎にふじの暮らし振りを書面にて、奉行所に提出するよう沙汰する」

　奉行の沙汰に、清兵衛は大きく頷き
「ははあ、畏まりあんした。真に感謝申し上げあんす」

と言って深々と頭を下げた。

## 八

「今晩は、栗名月（旧暦九月十三日の月）であんすな」

と言いながら、平笊を大切そうに抱えた由乃が六畳間に入って来た。杉之介は明け番（休日）だったので、夕刻近くまで書を読んでいた。

「兄様、お隣の小母様が、御供えしてはと言ってくれあんした」

　由乃が杉之介の文机の側に置いた平笊には、粒の揃った栗が三十粒程入ってあった。

「指南料か」

　杉之介が聞いた。由乃は微笑みながら、台所へ顔を向けた。

「それと、鯉も……到来物と小母様が申してあんしたが、甘露煮のようで……」

　到来物と聞いて、一月前に隣から頂いた格三の卵を思い出し、不快になった。その気持ちが顔に出ていたのか、由乃が言った。

「兄様、御案じなさらねぇで呉なんせ。到来物は数馬さまが、御隣に届けて下さったようで、我家にも分けて下されと話したそうであんす」

　そう言って、由乃は部屋を出て行こうとしたが、戸口で振り向いた。

「そういえば、数馬様が今夜お訪ねになると言付けて行ったそうであんす」

　と部屋の障子戸を閉めて行った。

　縁側に置いた台の上の三方には、栗、団子、枝豆が載せられ、その隣には、藤袴と薄を投げ入れた花入れが、名月の光が差してくるのを待つように供えられていた。

　数馬は月の出を待っているようである。

「曇っているが、まだまだ夜は長い。そのうちに出るであろう」

　と空を見上げて数馬が言った。

「うむ。だが、この空ではどうかな」

　と言って杉之介は、菊乃が仕舞っておいた濁り酒を出して来てすすめた。

「なあ、杉之介。此度のことで、お前に謝らねばならぬことがある」

　数馬が花入れの方を見つめているように思った。

（藤袴の花……ふじ……ふじのことか）

　杉之介は頭に浮かんだことを真っ直ぐに聞いた。

「ふじが書いたものか」

「いや、あれは清兵衛さんに言われた通りにしたまでだ」

　と言って、数馬は、菊乃と由乃が糸くりをしている六畳間に目をやった。

　杉之介が聞いた。

「由乃のことか」

「あの御弓町の若い同心のことだ」

　と間の悪そうな顔をして、数馬が言った。

「あの脅し文は、あの男ではなかったな。なんで、勘違えしたんだ」

　杉之介が聞くと、数馬は声を潜めた。

「やはりな、由乃ちゃんは誰にも言わなかったんだな」

「……」

「付きまとわれていたのは、須崎家のお嬢さんではなくて、由乃ちゃんだったんだ。で……な……あの男、由乃ちゃんに言われたそうだぜ。私と試合をして勝ったら、嫁に行くことを考えても良いとな」

杉之介は唖然とした。あの生真面目そうな男が由乃に付きまとっていたとは、考えてもみなかった。

「何っ！　由乃がそんなことを言ったのか。一人で決めることではないぞ。それに、由乃はまだ子どもだぞ」

そう言ってから、由乃も十五、他家では十五で嫁いでいる娘もいる。もう子どもではないのかと思った。

それを聞いて数馬が笑って言った。

「そりゃ、どうかな。お前、ひょっとすると先を越されるぞ。相手は、真面目に道場通いを始めているようだぜ」

と揶揄するように、濁り酒が入った土瓶をひったくって、茶碗に汲んだ。

雲に被われて見えなかった十三夜の月が、顔を見せた。数馬がしみじみと言った。

「あの月のように、女は変わるからなあ。おふじさんも芯の強い女だと思っていたが、魔が差したのだろうな」

「……」

「あれを仕舞ってあったのは、お前に未練があったのかもな」

「未練だと、俺に愛想尽かしをして、ふじは出て行ったのだ。それに、出て行ってからも神田の家に何の連絡も寄こさなかった。未練など……」

未練などなかったはずと、杉之介は言いたかった。

数馬が首を横に振って言った。

「いいや、おふじさんは、お前が迎えに来てくれるのを待っていたのだと思うな。何しろ思うことと振舞うことが違う女はいるからなあ」

そう言われても、当時の杉之介にはふじの気持ちを推し量ることはできなかった。今更そんなことを言われても、というように数馬に顔を向けた。

「そうは思えねぇのだな。そうだとしたら、まだまだ女……いや、人間を見る修業が足りねぇのだな」

「……」

「という俺も、おふじさんを清楚で大人しい女だと思ってたからな」

と言って苦笑いしながら数馬は言った。

「それにしても、あの二枚の半紙を読んだ時、俺はピンときたぜ」

「……」

「由乃ちゃんに聞いたんだがな。おけいさんを見る時の目付が冷てぇかったとよ」

「……」

「おふじさんは、悋気（りんき）を抱いていたとな。それも相当、根深いものだぜ」

「悋気だと」

と言い返して杉之介は、六年前の事件後におけいと男女の仲だと、町の者等に取沙汰された事があったと思い出していた。

「分かっただろう。務めが忙しいからって、新妻をほったらかしに、しやがって、怖（こえ）えぞ悋気の強い女はな」

と数馬は身震いする真似をした。

「……」

「倖せそうに見えても、心の闇を隠して暮らしている人間はいるのだと……そういう人間への接し方は、我々のような若輩者では手あましするだろうなと、御奉行様は言ってな。ああいう女は、肝の座った清兵衛のような男でねぇとな、と言って沙汰をしたようなのだ」


杉之介は黙って頷き、十三夜の月を眺めていた。酔いがまわったのか、数馬が空を見上げて言った。

「ふっくらとした月だな。誰かに似てると思わねぇか」

「さあな」

そう言ってふじの顔を思い浮かべたが、細面のふじは、そうではない。由乃は面長である。ふっくらとした丸顔、おけいに似ているなと思った。

「当たり前のことだが、月の顔は色々な形に変わってくな」

と言うと、数馬が笑って応えた。

「そりゃ、そうだろ。月は色んな女の顔のように変わっていくんだぜ」

と言った後、すぐに
「今夜のはいいな」

とポツリと言った。

杉之介は十三夜の月を愛でながら、一月（ひと）前の十三夜に、文七の店から上田同心組町に帰る時、外まで出て来て言ってくれた、おけいの言葉を思い出していた。

「きれいなお月様であんすな。夜道を照らしてくれて、助かりあんすな。お気をつけて」

温かい言葉であった。その言葉を胸の内でくり返すと、十三夜の月を染み染みと眺めているのだった。

―終り―

# ツーワンライフ刊行案内（書店にて好評発売中）

| | | |
|---|---|---|
| 仙台藩の武術 | 小野崎 紀男 | ¥2,400＋税 |
| 何となく賢治さん | 滝田 恒男 | ¥1,200＋税 |
| 木瓜の花　齋藤啓太郎川柳句集 | 齋藤　啓太郎 | ¥500＋税 |
| 賢治詩歌の宙を読む | 関口 厚光 | ¥1,000＋税 |
| 遂にカンパネルラが | 金田 幸子 | ¥1,000＋税 |
| なぜ台湾人は世界一親日家なのか | 板垣 寛 | ¥790＋税 |
| 稲は人の足音を聞いて育つ<br>彦部地域に伝わる言葉――先人達からの贈り物 | 長澤　聖浩 | ¥1,400＋税 |
| 陸奥烈女伝 | 三島　黎子 | ¥1,600＋税 |
| 風の巡礼 | 滝田 恒男 | ¥1,000＋税 |
| 県南生まれ元気印母さん | 三河秀一郎 | ¥1,000＋税 |
| いのちの歌集 | 下山 清 | ¥864＋税 |
| 瞳　新聞配達の風景 | 畠山 貞子 | ¥864＋税 |
| ホスピスの詩 | おざわ せいこ | ¥1,750＋税 |
| 生きる道 | 谷村久雄 | ¥1,300＋税 |
| アイヌ語地名が語る日本史物語 | 菅原　進 | ¥1,728＋税 |
| 人の世に平和を | 林 正文 | ¥1,572＋税 |

【小説】

# 丸薬同盟

渡邊　治虫
*Watanabe Osamu*

さし絵　村井　康文
*Murai Yasuhumi*

岩手・盛岡から秋田へ向かう国道筋のS町、駅前商店街を通り過ぎた「農協前」バス停の裏手に、居酒屋「馬楽」がある。変わった名の店だが、「馬刺し」を売り物にしているので「馬」がつく。

しかし、馬肉は簡単に手に入る代物ではなかった。岩手初夏の風物詩、チャグチャグ馬コの馬と違って、もともと食用の馬は飼育されていないのだ。仕入れは月に一度ならましな方、最近はとんとお目にかかれなくなり、馬刺し目当ての客は遠ざかった。

それでも農協で用足しを終えた中年男たちが気勢を挙げる溜まり場になっていて、午後三時半ころに店は暖簾を掛けている。

その「馬楽」に毎月二十四日、定期的に集まってくるメンバーがいる。総員四人。昭和二十四年生まれの町立中学校の同級生。会の名は生まれ年から名づけた「二十四の会」。

会の発足は四年前に遡る。同じく同級生の中川健太郎の謎の死がきっかけとなった。

中学校での中川の優秀さは伝説的だった。勉学は断然のトップ。陸上競技の走り幅跳びで六mを跳び、県大会二位の好成績を残した。生徒会長を務め、その万能ぶりは生徒からも教員からも驚きの眼差しで見られていたのである。

その中川が周囲の生徒とは一段とかけ離れた行動をとるようになったのは、二年生の秋ころからだった。夏休み前に、中央の大学の弁論部の学生たちが全国巡回弁論大会と称し、体育館に集められた生徒を前に「日本の未来と若者の使命について」と題して弁舌をふるっていったことがあった。それを聴いた中川は、おおいに刺激されたようだった。

目を輝かせ、「国の未来は若者が創る」と自ら「創国論」と名づけたプロパガンダを模造紙に書き込んで廊下に貼り出すようになった。学校にとっては前代未聞の出来事だったが、あの中川のやることだからと、そのままお構いなしになり、中川は考えついた二弾、三弾と主張を強めた記事を追加していった。

中川は当然のように隣市の進学校に進み、一発で東京の有名大学に合格した。法律や政治を学び、「創国論」の具体的実現を目指したのだろう。世に向かって主張を説くために弁論部で活躍したとのことだった。

大学を卒業後は、一流企業にでも就職できたであろうに、東京に居残って政治家の秘書になったと聞く。やがては岩手に戻ってきて、自らも政治家を目指す志を固めているとの噂も立ち、中川の優秀さと壮大な夢を持っていることを知っている面々は、「応援するべぇ」と中川を誇りに思い、期待する声も大きかったのである。

しかし、数年を経て中川の名も姿も、消息が途切れたまま四十年が経過していた。すでに、同級生たちも彼のことを忘れかけていた。

その中川が五年ほど前、四合瓶を抱きかかえ、何かをわめきながら、へべれけに酔って用水堰の土手でひっくり返っていたのを見たという者がいた。たちまち噂が広まったが、誰も中川が町へ帰って来たという話を聞いていなかったし、中川に限ってそんなことはない、見間違えだと話はすぐに立ち消えになっていた。

ところが四年前、いきなり岩手日報のお悔やみ欄に、中川健太郎（六十四歳）の名と町内の住所が掲出されて、同級生たちは騒然となったのである。

事情がまったくわからないので、緊急に「馬楽」に集まった同級生が相談した結果、陸上部で仲のよかった高橋和正と、戸田繁が代表となって実家を訪れることになった。

中川の家人は「何も話すことはない」と家内に案内することもなく、香典を受け取ることもなく、二人は門前払いにあって引き返してきたのだった。

「馬楽」で待ち受けていた面々は、押し黙ったまま飲んだ。何がどうなったのか、何も分からないだけに、不穏な思いが充満する。

実家の様子でも中川が死んだことはたしかだ。しかし、中川の軌跡を誰も知らない。集まった面々は、中学時代の中川との思い出をポツリ、ポツリと語り、家人が戸を閉める間際に「夢に溺れた」と小さな声で一言述べたという高橋和正の報告が、何を意味しているのかを考えていた。

暗い雰囲気を打ち消すように、

「もう死んだんだべぇ。誰だって死ぬんだから考えたって仕方ねぇ。俺たちはよう、生きてるうちに楽しまねぇば。たまに集まってお互い元気だなって、飲むべし」

中村武男が切り出して、皆が頷いた。

「中川なあ。何があったんだ。頭が良すぎるのも考えものだな。そうさな。俺たちも還暦超えたたし、そんなに長くないかもしれないな。明日のことは誰も分からないからな」

鈴木昭一の真面目なまとめに、誰もが突然の中川の死と、老いを感じ始めた先行きに、一抹の不安を持つ自分を重ね見たのだった。

中川を追悼するのがきっかけで発足した「二十四の

会」は、時につれて参加者も少なくなり、気ままに顔を出す者は受け入れるものの、四人に絞られてしまった。会費は飲んで、喰った分の割カン。集合時間は午後六時半。会則はなし。と大雑把な運営である。

メンバーのうち、いまだに勤めを続けている鈴木昭一のバス到着時間が六時二十分過ぎ。そのころには、早くに詰めかけた客が飲み終えて席を立ち、店も静かに落ち着く。

平成二十九年三月二十四日、金曜日。曇りのち晴。

春の兆しがついそこまで近づいて来ているのに、岩手山も秋田駒ケ岳も満々と雪を抱き込んでいる。町内の平地の日陰にもうず高く雪が残っている。

会の一番乗りはたいてい中村武男である。

武男は二十四日を飲む日と決めて仕事の予定は入れない。昼過ぎに近くの温泉にゆったり浸かり、ビールを飲みながら時間を過ごす。顔をほんわり赤らめて、運転手付きの車で「馬楽」に乗り込む。運転手に気前良く小遣いを渡し、豪気な自分に惚れてひとり悦に入る。

運転手はパチンコ屋に走り、武男が連絡をよこすまで勝負を賭けながら待っている。彼も二十四日はパチンコデーなのである。

武男は高校に進学しなかった。父親の廃品回収業を手伝い、やがて解体業を始め、今では「中武商会」と名乗ってゴミの収集、産業廃棄物取り扱い業者として成功を収めている。

そこまで来るには、夜陰にまぎれて非合法な手段も使った。山林に穴を掘ってゴミを捨てたり、密かに川に流したり、焼きもした。バレて役場から呼び出され改善命令を受けたこともある。盗品を扱って警察の捜査を受けたこともあった。危ない橋を幾つも渡ったが、不思議なことに懲役をくらったことはなかった。

今や娘婿に実務を預け、会長として影の取り仕切りに徹し、表には出てこない。

一番乗りの武男は、さっさと飲み始める。

(貧乏人はせせこましい。俺を見ろ。高校に行かなくたって銭は稼げる。要は頭の使い方と度胸だな)

次いで、薬屋を経営する高橋和正がぶらぶら歩いてやってくる。商店街の中央に店舗を構える「高橋薬店」は三代続く老舗だが、実のところ、経営は低位安定である。しかし、和正のアイディアで、近隣集落の各戸くまなく、置き薬箱を配置していることが効果的な実益に繋がって、何とかしのいでいる。

お得意先の約百二十戸を三等分して四十戸ずつ。一ヶ月に一度巡回する。使った薬の精算をし、不足を補ってくる。手間はかかるがお年寄りには喜ばれ、出回ることで地域の情報も知ることができる。そうした巡回配達が店を維持できる売上に繋がるのだ。

（広くて遠いことがかえって商売になる。年寄りが多いのもそうだ。居住地域の不利、不便といった負の特長、老齢化が進んで社会から取り残されるという不安。人の弱みに支えられている商売も皮肉なものだが、薄利多売で堅実にやるのさ）

戸田繁は下戸なので、いつも自転車でやってくる。地元高校卒業後から役場の職員で、退職まで火葬場担当だった。焼きがまに送り込んだ遺体は何千人にも達するだろう。火葬に集まる人々の悲痛な慟哭を背中に受けて、まとわりつくような、払いきれないような、得体のしれない圧迫感にとらわれて逃げ出したくなったこともある。

火葬場で見え隠れする遺族の態度や行動を他言してはならない。まして、死の原因やそこに至る事情などを探ろうとしてはいけない。慣れというより、分かってきたことがある。

その人間の真価は、生きている時に限らず、死んでから定まるものだと聞く。どこの誰でも最後は棺に収まって焼かれ、煙になる。旅立ちの手伝いを誰かがしなければならない。いちいち感情移入してはかえって失礼になる。静かに送るのが自分の仕事だと受け止めた。

退職してから五年間、葬儀屋に勤めて辞めた。今はのんびりしている。好きな野鳥を追いかけて写真を撮りまくっている。

（結局はさ。みんな煙になるんだよ。良い煙も悪い煙もない。生きてるうちは、その人なりに好き勝手にやればいいんだ。それにしても酒を飲めたら人生変わったかなぁ）

ようやく鈴木昭一の乗ったバスが到着する。昭一はいま迷っていた。

長年、建設資材を製造する会社に勤めている。現場経験を活かして、若手社員の指導にあたっているのだが、最近は新しい形式の建物の依頼が増えてきた。時代とともに考え方や生活様式が変わり、機能効果を求める要望が多岐にわたる。だから、はめ込む資材の材質、形状、強度は単一ではない。昭一の習得した原型は旧来の彼方に押しやられて役に立たない。

「これ、いけますよ」新しいことを考えついた若者の一声で、すぐにパソコンやキャドなどの電子機器によって図面が作成される。

昭一は、現場屋なので手書きで表すことができても、そうしたハイテクには弱い。新しい感覚に欠ける。時代遅れなのである。

あと二年、七十までは働きたい、が、周囲から浮き上がっている自分がわかる。わかるからこそ、抵抗できない自分が情けない。

(辞めてやるって啖呵きれるか？　そんな度胸あるか？　辞めて他にやれることがあるのか？　会社も引き止めないだろうしな。自分もどこかで腹を決めなきゃぁな)


四人揃ったところで、武男はすでにいい気分だ。和正はいつもの通り平然と飲みだし、昭一は唇をへの字に曲げている。下戸の繁は特注のコーヒーカップを手元に引き寄せる。

酒が利いてくると口も回り始め、会話は縦、横乱れ飛び収拾がつかなくなる。意見が一致しなくともいい、とにかく喋りまくる。

繁のコーヒーカップを見た武男が、繁に向かって嫌味を言う。

「おい繁。コーヒーによ、ブランディ垂らせばロイヤルだ。旨えぞぉ、飲んでみねぇか」

武男にすれば、酒を飲めないなんて信じられない。何が面白くて生きているのよ。繁が鳥の写真を撮るのが趣味だとも聞いている。そんなの、何の儲けにもならねぇべな。

「繁。何か珍しい鳥っこでもいたのか？」

繁は、武男、和正、昭一をぐるりと見て、

「一昨日よ。オジロワシだ。御所湖に二羽もいた。それからな、もっと珍しいのも見つけたのさ」

「ほう、オジロワシな。前にも聞いたことがあるよな。毎年今頃の季節に来て、シベリアの方に帰って行くってな。それで、珍しい鳥ってどんな鳥よ」

繁は、うん、と頷いて話出す。

「オジロワシが氷の上に降りててな。追いかけたのさ。御所湖東岸の方に公園があるんだ。雪が融けた岸辺の道に沿って、木の間から凍った湖面を探したのさ。移動しながら道路脇の林を見ると、それがいたんだよ」

「だから、何がいたのよ」

「若い男だ。木に寄りかかって眠ってた。いや、眠っているように見えたんだ。こんな寒い時に馬鹿なやつがいるもんだと思って近づくと、どうも変な雰囲気なんだ」

「変だぁ？　そいつは何をしてたんだ」

「だからさ。離れた所から声をかけたんだ。おーい、何やってるんだ。起きろって。いくら叫んでもピクリとも動かねぇ。ぞくっとしてヤバいと思ったね。引き返して、見なかったことにしようと思った。だけどさ、体具合が悪くてそうしているのなら、救急車を呼ばなければと思ったし、逃げてもその後のことが気になるべ。慌てたさ」

「えっ、そいつ、動かないのか？」

「丁度、公園の管理員が通りかかったもんだから『変なやつがいる、見てくれ』と言ったら、管理員がたしかめに走って行ったのさ。目ん玉回して慌てて戻って来た。『駄目だ、こりゃ』って首をぐるっと締める真似をしたんだ。駐在を呼んでくるから、あんたここにいてくれって、すっ飛んで行った。管理員も俺も携帯持ってねぇんだよ」

「それ、首吊り鳥ってか？」

「そうだ、首かかり」

「繁、お前よう。火葬場だべ。死体なんておっかなくねぇべ。見慣れてるんだもの」

「何言ってる。俺は棺を見ても、佛さんは拝んでいない。火葬は弔いの神聖な行事なんだ。棺の中はただの遺体ではない。人間から魂の世界に渡ろうとしている尊い形なんだ。骨になりゃあ、また別だけどな。それとは違うさ。首かかりなんて気味悪い」

「魂やら、なんやら、そこら辺の難しいことは分からねぇな。で、どうなった？」

「それからが大変よ。駐在が来るまでその場所で待っていたさ。一人でだぞう。そのあと本署から鑑識が来るまでまた二時間。事情を聞かれてさ。疑われたのよ。あんた何かしなかったかって。カメラ見せて、鳥の写真見せて。潔白を証明するのは大変だったぞ」

「第一発見者だからな。いちばん怪しい」

「死体の傍に、スタンガンがあったんだって。あんた触らなかったか、撃たなかったか、という訳さ」

「スタンガン？　あのバチバチと火花が出る鉄砲のようなやつか？」

　鑑識の分析では、若い男は一旦湖岸まで行ったが（そこにバックなどが散乱していた）入水をためらい、戻ってきて木に紐をくくり、首に巻きつけ、スタンガンで自らを撃ち気絶。ずり落ちるように地べたに座りこみ、体重が首にかかり絶命した。そのような経過の自殺とみられる。との結論であるらしい。

「若い男がなぁ、勿体ない」

「悩みか、何か深刻な事情でもあったのか。死ぬくらいなら何でもできたべ」

「何だよ、そんな話。繁、こっちが聞いたからって首吊り鳥の話なんかするなよ。酒がまずくなる。止め、止め！　縁起でもない」

「でもなぁ。死にたかったんだな。スタンガンまで準備したんだからよほどの覚悟だ。死ぬことが何よりも大事だったんじゃないか」

「だけど死んで全部チャラになったのか？　いやな、本人はケリをつけたつもりかもしれないが、借金だの、仕事だのに穴開けてなかったべか。それよりも残された方はどうする。親、兄妹がいるじゃないか。恋人がいたかもしれない。その人たちの心持ちよ」

「そうだよな。周りが大変だ。後始末があるからな。それに、本人の苦しみを代わりに被ったんではかなわないな。ずっと苦しむぞ」

「うすうす感づいていたら、なぜ止められなかったって悔いるべ。その男引きこもりだったかもしれねぇな」

　繁が付け足す。

「そこの公園な。温泉街から遠い。車も自転車もなかったから歩いて来たと思う。たぶん、夜中の暗いうち。死んでた場所は公園の道路の脇で、すぐに見つかる。やっぱし、すぐ見つけてほしかったんだと思う」

「見つけて貰いたいのかぁ。直ぐにな。未練あったんじゃねぇの」

「そうだな。未練というより心を残した死に方だな。それでなければもっと山奥に行って、見つからないように姿隠すよ」

「分からないぞ。人間、そんなに強いものかな。生きる強さと死ぬ強さ。どっちにしても強さだけでは全うできないだろうが」

「強いのか、弱いのか、分からねぇな」

酔いがまわっている武男はいきりたつ。

「死にたいやつは死なせておけ！　俺はな、汚いゴミだって、誰も手を突っ込まない何だって全部処分してやったんだぞ。生きるためだったら何でもやるさ。悪いかよう。それが悪いっていうのか！」

武男が逆説的に生きることを主張することは分かる。武男を制するように、和正がポツリと言った。

「中川も自殺だったかもしらんな」

一瞬、静まりかえった。和正の突然の呟きが、あまりにもリアルだったからだ。

「いやな。中川の実家の辺りを回るとさ。どこの誰も、中川の家のこととなると口が固くなる。すごい不都合があったようにな」

中川のことを口にするのはタブーになっていた。が、繋の若者自殺者発見の話に、互いの胸の内につっかえていた中川の死が、和正の一言で真実味をおびてくるのだった。


五月二十四日、水曜日。晴。

「おい、知ってるか？」

いつものように、昭一の週刊誌ネタの解説が始まる。

――厚生労働省の調査。岩手県の平均年収は三百六十二万円。全国四十六位。ビリから二番目。また、男性の平均寿命は七十八・五三歳。全国四十五位。長寿は長野県の八十・八八歳。心疾患死亡率は全国ワースト三位。脳血管疾患死亡率は全国ワースト二位
――

「どうだ、この数値は。立派なもんだぞ。岩手で暮らしている限り長生きはできない。何もかも諦めて観念するということだな」

「馬鹿にした調査だな。いつ頃の話だ」

「寿命は平成二十二年。年収は二十六年。死亡率は二十七年とある。週刊誌ネタでも、お役所の調査結果だぞ」

「じゃあ、俺たちはあと十年しか持たねぇっていうことか？」

「個人差はあるけどな。まず、そういうことだ。この中で何人生き残れるかだな」

「おい薬屋。その辺のことはどうなんだ。貧乏だから長生きできねぇのか？　だったら俺は大丈夫だ。金の心配はいらねぇからな」

たしかに、メンバーの中では武男がいちばん持っている。腕組みしていた和正が、背筋を伸ばして話し始める。

「人間に限らず生き物は、よほどの災難、事故に遭わない限り一定の寿命がある。だがな、人間は、遺伝子の中に病理に弱い要素を持っていて、どこかでその弱さが出る。雑菌、ウィルス、ガンをやっつける免疫力とか抗体が足りないと負ける。それとアレルギー反応だな。食べ物、花粉、蜂刺され、鳥にも反応する。まだある。血圧、血糖値が高くなるとか、武男のようにハゲてくるとか」

「ハゲー。俺のせいじゃねぇ、親が悪い」

「まずさ。一般的に言う感染を引き起こす。病気を発症するということだ。例えばだ。糖尿を患うのは糖尿、ガンに罹るのはガンの体質を持っていると言われている。人間の体は細胞のかたまりだから、毎日死滅、再生を繰り返して体を保っているんだが、年をとると働きが鈍ったり、減ったりするのさ。強い、弱いがひとり一人違う。だけどな、そうだからといって、片方は五十年でアウト、もう片方は百年生きられるとは限らない。そこが難しいところだ」

「そういう基本論は分かるけど、結局は何なんだ。岩手は何でこんなに早死になのかって聞いてるんだ。喰いものが関係してるのか」

「深く考えることもないさ。平均寿命はトップとたった二歳しか違わない。八十と七十八だよ。そこまで生きてたら立派だろうが。問題は健康寿命だな。元気無くしてたら生きてても、動けなきゃぁどうしようもない」

「薬屋が変なことを言うなぁ。長く生きられるように薬を売っているんじゃないのか」

「違う、違う。長生きの薬なんてないんだ。薬はな、痛いとか痒いとか熱が出たとか、それを和らげる対処療法なんだ」

「でもなぁ。女は男よりも長生きだぞ。特に亭主に先立たれた女はしぶとく生きてる」

「女はもともと強い。かなわないぞ。できるだけ近寄らない。無駄口は叩かない。逆らわない。言われた用事はすぐに済ませる。とにかく危険を回避するようにしないと、こっちの寿命が縮まる」

「それだ。それが長生きのいちばんの秘訣よ」

「何だぁー。最後は嬶とのバトルかよ」

「そうさ、稼ぎが悪いと尻を叩かれる。ぼーっと座っていると目障りだって追ったてられる。大昔から延々と続く男と女の宿命さ。静かに身をかわして、ストレスを溜めずに平和に暮らす。そこんとこを間違えると、飯が喰えなくなる」

「それなら俺は大丈夫だ。家庭を大事にしてるからな。誰にも文句言わせねぇ」

「けっ、武男。遊び呆けてるくせに」

コーヒーカップをトンと置いて、繁が口を挟む。

「この間な。具合悪くして医者に行ったのよ。待合の廊下の椅子にくたびれたように爺さんが座ってた。九十近くかなぁ。すると、玄関の方からもうひとり爺さんがよたよたと歩いて来たのさ。薄暗い廊下で互いに顔を合わせると、『よう、おめぇか、生きてらったか。歳とれば死にたくねぇな』って言うのさ。いい歳なのに第一声が『死にたくねぇ』だ」

かぶせて昭一も言う。

「知った所の婆さんがな。百歳になって親戚一同お祝いに駆けつけて、婆さんおめでとう、これから何したいって聞いたら『んだな。長生きしてぇ。旨いもの、いっぱい喰いてぇ』闘志満々だって。一同、のけぞったと」

「笑えない話だな。だけど本音よ。誰でも生きることしか考えていない。必ず死ぬのに。贅沢なもんだよ」

「何でよ。長生きは悪いのか。生きてなきゃ何にもできねぇべ」

「武男。飲んで喰って。おまけに、咳しながら煙草ぱくぱく吸って。競馬、パチンコ、温泉かぁ。大層な身分だよな。いつまでもそうしていられると思っているのか？　いつか御終いになるって考えないのか」

「ストレス溜めねぇのさ。金ばらまいて、人助けしてるべな。立派な社会貢献だ。咳は何でもねぇ、酒を飲めばピタッと止まる」

「立派な死に方ってあるよな」

分かったふうな真面目な顔で繁が言う。

「立派な死に方だとう？　繁、何だそれは」

「だからさ。人は死んだ後に『いい人だった』とか『いい死に方だった』って言われるべ。最期の一瞬が、生きてきたぜんぶの評価を決めるのさ。周りにさんざん迷惑かけておいて、立派とは言えないぞ」

「そうだな。自分のことが分からない、世話する身内の顔も思い出せない。認知症とか、寝たきりっていうのは、周りの寿命も縮めるよな。老老介護なんて、よく聞く話もみじめなもんだ。歳の順に逝くとは限らないしな」

「そんならどうするのよ。好きでそうなる訳でもねぇし、殺してけろっても言えねぇし。ピンピンころりってか」

「まず死ぬことを自覚することよ。この辺で死にます、死んでも構いません。早く連れて行って下さいってよ」

「とにかく、歩けなくなって自分の尻も拭けなくなったら終わりだ。おしめもしたくないしな。そこまでしがみつきたくないな」

「ふざけた話だな。何で元気なのに死ぬこと考えねばならねぇんだ。別に欲ばっている訳でもねぇ。ピンピンしてるんだからよう」

そう言いながら最近の武男は、咳き込むことが多くなり、朝目覚めると痰が絡むようになってきていた。体もだるい。が、医者に行くのがどうにもためらわれる。簡単、手頃な薬がないか、そこら辺を和正に相談したいのだが、二十四の会の話題が、繁が持ち込んだ自殺の件と、昭一の週刊誌ネタで「生きると死ぬ」に集中していてますます切り出せない。


六月二十四日。土曜日。

晴れて温度も三十度近くまで上昇した。いよいよビールが欲しくなる季節である。

一番乗りは、休日だった昭一。いつも武男に割りカン負けしているので、今日はやり返してやる。飲むぞ。快哉を叫びたいほどいい気分なのだ。

若い社員が顧客からクレームを受け、修繕のために現場へ出かけたものの、時間をかけても直し切れなかった。対処出来る工具や材料の準備がいい加減だったのである。顧客はますます怒り出した。責任者を出せ、と引かない。困り果てた彼が泣きついてきたのである。

様子を聞いて緊急出動した昭一が、まず、丁寧に謝り、手際良く修繕を終えて丸く収めたのだった。帰社してからのこと。

「あの客、細いとこまでぐちゃぐちゃ言って、うるさいんだよ。やってられません」

この頃の若い者は、上手くいくと鼻高々に自己をアピールしながら、結果が出ないとその原因を他に転嫁したがる。失敗は次の工程への成功へのチャンスなのに、その日の仕事が終わればリセットしてしまう。素質があるのに、粘り強く磨こうとしない。だから、同じ失敗を繰り返す。

昭一は、むらむらと腹が立ってきた。今までにない大声が出た。彼の鼻先に向かって怒鳴った。

「こらっ！　お客を何だと思ってる。出来なかったのはお前じゃないか！　そんなの技術者じゃない！　ツラ洗って出直して来い！」

部屋中静まり返った。怒鳴られた若い社員は（おっさん、キレたの？　まさかでしょ）とばかりに間の抜けた表情。

販売部長がすーっと席を立ち、会議室を指差しながら「鈴木さん、ちょっと」と呼ぶ。昭一は、ついにその時が来たか、と一瞬思った。会議室で対面した部長は案外冷静だった。

「大きな声はいけませんね。しかし、こういうことが我社に欠けていたんです。私も気合をかけるきっかけが出来ましたよ。さすがベテラン。とても大事なことです。鈴木さん。これからも遠慮しないでハッパかけて下さい。評判なんて気にすることないです」

昭一は感激してカッと熱くなった。六十を過ぎてから毎年給与の減額がある。若手社員より低くなったかもしれない。だが、いい会社だ。

昭一は小上がりに陣取り、ひとりニヤついていた。

（今日の主役は俺だ）冷えたビールが旨い。

　それにしても集まりが遅い。土曜日だから用事を済ませるのに手間取っているのかもしれないと思いながら、二杯目のジョッキを注文して手元に引き寄せた。

戸口が開いて女の声が聞こえる。

「二十四の会はこちらかしら」

　昭一が振り返ってみると、濃紺のスラックスにベージュのブラウス、その上にチャコールブラウンのジャケットを身にまとい、スラリとしたスタイルの女が立っていた。瞳が透けて見える薄いサングラスが洒落ている。一目でこの町の女ではないことが分かる。

　従業員から指差されて歩み寄った女は、昭一の前で立ち止まり、サングラスを外しながら丁寧な物言い。

「夕陽がまぶしくて……。あたくし目が弱いのよ。お邪魔してよろしいかしら」

　誰だ、いったい。何か用でもあるのか？

「毎月二十四日なんですってね。二十四の会。参加は自由なんでしょ。あたくしも同学年なんですから」

　見覚えはある。が、誰だ？　どうにも分からない。

……しばし間合が途切れる。

「あっ！」

　思い出した。急激に時計が逆回転する。

「小柳ルミ子？　マリリン？」

　面影がある。まさに、小柳ルミ子。マリリン。馬場真理子だ！

　馬場真理子は中学を卒業すると、盛岡のミッション系の女子高に入学した。一年生のころは、列車通学をしていたが、いつの間にか盛岡に下宿したらしい。背が高く、髪が肩まで垂れて、顔立ちが整っていた。口数が少なく、静かで、近寄り難いところがあったが、男子生徒の間では人気が高かった。

　あらかた四十五年も前になる。

　歌手小柳ルミ子がデビューして、浴衣姿が初めてブラウン管に映し出された時、すでに社会人になっていた中学の同級生たちはテレビを観て仰天した。あまりにも似ている。

　しかし、その歌手は十代と自分たちより年下で、八重歯があることに気がつき別人と分かったのだが、彼女は馬場真理子と瓜二つだったのである。いや、真理子が小柳ルミ子に似ていたというべきかもしれない。

真理子が盛岡へ出てから誰も姿を見ていない。たまに消息が伝わることがあっても、自然に話題にのぼらなくなっていった。

高校を卒業後、盛岡を出て仙台の短大に進学したとのことだったが、その後の真理子の情報は立ち消えていた。それが、小柳ルミ子の出現によって、真理子が同級生の記憶の中に強烈に呼び戻されたのだった。

その馬場真理子が目の前に現れて、昭一の向かいに座っている。昭一のドキマギは止まらない。

中学生の真理子のあだ名は真理子の名前をもじって「マリリン」と呼ばれていた。昭一も密かに「マリリン」に恋心を抱いていた時もある。

「あなたは、どちらさんでしたかしら」

なーんだ、ガックリ。忘れてるじゃないの。

「鈴木です。鈴木昭一。上町の」

「あっ、思い出した。鈴木さん。工業高校に進んだ方。通学の列車では、ご一緒でしたわね。たしか、建築の勉強なさるって」

おおう。知ってるじゃ。学校のことまで知ってる。

「鈴木さん、お仕事は建築関係かしら。あら、まだ現役なの。だったらもしかして、近いうちにお願いすることあるかもしれないわ。その時はよろしくね」

何のお願いかは分からない。それでもいい。マリリン、一仕事引き受けてやるよ。

今日はつくづくいい日だ。真理子と二人なら、このまま誰も来なくてもいい。

「中村さん、中村武男さんもいらっしゃるかしら。手広く事業を経営なさってるんですってね。中学しか出ていないのに大したもんですねぇ。中村さんにお会いしたいわ。ああ、あたくしもビール頂いていいかしら」

ふっと息をついたマリリンは、ビールをコクンと一口飲む。背筋が伸びて、手つきも造作も、口をつく言葉も、そこいらをとぼとぼ歩く婆さんとは大違いだ。彩があり、どこからか香りさえ漂ってくる。

武男に会いたいなんてどうでもいいだろうが。動悸も収まっていい気分のところに、無粋にも繁と和正が揃ってやって来た。

昭一とマリリンの組み合わせに、二人は怪訝そうな表情で立ち止まったきり動かない。

「誰だぁ？」

「分からないか。思い出してみろよ」

昭一はなぜか得意げに胸を張る。

「あっ、小柳ルミ子じゃなくて……。馬場真理子？　マリリンか？　どうしてまた？」

急にまたどうしたことだ。再会を喜ぶよりも突然現れた意外性が優先する。

「あたくしも二十四年生まれなんだから、参加の権利あるでしょ」

昭一に言ったセリフを繰り返す。

繁にはマリリンとの一瞬の思い出がある。

「ああ、戸田繁さんね。あたくし戸田さんからジュウシマツを頂いたことがありますのよ。白くて、小さくて、良く囀る、可愛い鳥。ヒナもたくさん生まれましたの」

そうなんだよ。ジュウシマツだ。繁は、あの時のときめきにぐっと胸が詰まる。

いつ、どういうきっかけだったかは忘れたが、マリリンからジュウシマツが欲しいと頼まれて、籠に入れたつがいをマリリンの家まで届けたことがある。マリリンが頬を赤くして微笑んだ横顔が鮮やかに蘇る。それはジュウシマツよりずっと可愛い笑顔だった。

和正のマリリンへの記憶は、中学校での日常よりも、盛岡駅での一場面の印象に尽きる。和正は盛岡の商業高校に列車通学していた。帰りの列車待ちのホームのベンチで、中川とマリリンが親しそうに会話をしているのを時折目撃していた。

間もなく二年生に進級するころの小雪の舞う日。ベンチで項垂れる中川に向かって、マリリンが鞄を投げつけ、蹴りを入れ、「意気地なし！」と叫んだのである。

二人は仲が良いのだと思っていつも隠れ見ていたが、悪いところを見たな、と思った。あのおとなしそうだったマリリンの意外な一面に驚き、人は思ったようには上手くいかないものだと、妙に分かったような気もしたのだった。

その直後からマリリンは盛岡に下宿を始め、ホームのベンチには中川が取り残されたようにひとり座っている姿をたびたび見かけていた。和正にとってマリリンは、中川と付き合っていたという記憶に凝縮されている。

ぎこちない飲み会が始まって、いつも一番乗りの武男が遅い。真理子は武男が来ないのか、と何度か訊いた。どうやら、武男に会いたいらしいのだが、真理子と武男の接点が分からない。

「あたくし、中村武男さんからラブレター貰ったことがあるんですのよ。『お前に困ったことがあったら、俺はぜったい助ける。いつでも来い。俺は待ってるぜ』って、たったの二行。普通、好きだとか、どうとか書くでしょ。かえってお気持ちがよく分かりましたわ。今でもそう思っててくれてるかしら」

武男もやるもんだ。だけど、あらかた五十数年も前の話だ。自分もドギマギしたけど、一時の誰にでもある恋心じゃないの。昭一はそう思う。

それに、真理子の顔色をよく見れば、化粧の下にもそれなりの歳が隠れている。黒く見える髪も灯りに透けて、染料で色つけられた白髪がところどころ浮かんでいる。小柳ルミ子でも歳をとるのか。残念だ！

「それとね。今日こちらにお邪魔したのは、中川との清算のためなんです。あたくし自身の清算でもあるんですけど」

真理子は、中川さんと敬称を付けずに、中川と呼び放った。そして「中川との清算」と言った。

「こんなこと信じられないでしょうけど」

誰に言うともなく真理子は話し出した。

「あたくし、仙台の短大終わって、東京にいる中川を追いかけましたの」

真理子は、短大で衣服のデザイン、縫製を学んだのだった。学び終えても岩手に帰る気はなかった。中央に出た方が新しいファッションのジャンルに挑戦できると考えた。

それに、中川健太郎のことが気になっていた。中川とは手紙のやり取りをしていて、卒業したら東京に出て来ないか、と幾度も誘いを受けていた。手紙には、一緒に夢を追おう、君がいるなら僕も歩けると書いてあった。

上京した真理子は、短大の講師の紹介で落ち着き先を決め、中川のアパートを訪ねた。

中川は荒れていた。アルバイトをしながら政治の勉学を進めようにも、生活が苦しい。それもあるが、思うようにならない現実が分かってきたというのが正しいだろう。

昭和三十九年の東京オリンピックから五年。世は凄まじい勢いで走り出していた。旧来の考え方や習慣が否定され、ソロバンから電卓、そしてコンピューターへと速度を増して行く。そうしたなか、学生たちは、いち早くその時流に乗る撰択をする者と、体制に対抗して革命を主張する者に分かれていった。しかも、各々の主張は、秀才たちの深堀りされた勉学の成果でもあったのである。

中川がかつて描いた創国論などは、青臭くて話にならない。弁論部で語るにも、胸を張って見解を述べる先輩たちにはとうてい太刀打ちできない。彼らが述べるネタはどこから集められるのか、書籍を読み漁っても見つけることさえできなかった。彼らは、世界観のすべてを自分の頭脳の中で構築していたのだった。全国を代表する秀才は弁論部でなくともゴマンといる。更にその中には、怪物級の人材があらゆる隙間を埋めていたのだ。それらが集まる都会で、自分は平凡な、田舎者であると思い知らされ、自信を失いかけていた。

真理子は洋裁師として働き、いつか自分の店を街路樹の緑に包まれた通りに開店したいと必死だった。それでも、働き貯めた金のぎりぎり出せる分を中川に渡し、励ました。

中川が語る壮大な夢をいちばん多く聞いたのは自分だ、という自負もあったし、夢を持つ中川に賭けてみようとの思いもあった。

「意気地なし！」

真理子に気押さされた中川は、ようやく大学を卒業して、有力な政治家の秘書になった。風向きが変わってきたと真理子が一安心したのも束の間。私設秘書の身分だった中川はあっさりと首になった。陳情に来た後援会の人々を「政策に合わない」と追い返し、また、業界の依頼も「裏工作はできない」と差し出す金子を突き返したのである。

首になった理由は単純明快。「繋ぎを断ち切る者はいらない」のである。

中川が政治家になる道筋を知らぬはずがない。地盤、看板、資金。そして有力な人々の後援。選挙の戦略、票集め。自己表現力。なによりも国を想う理想。中川はその理想だけで勝負しようとしていた。中学生のころ懸命に考えた創国論の枠から一歩も踏み出すことが出来なかったのだ。

真理子は、三十歳になろうという春に、三度目の「意気地なし！」を中川に突きつけると、中川はうめくように言った。

「僕は、次の選挙で岩手から出る。必ず当選してみせる」

何の準備も勝算も、後ろ盾もない。真理子を引き止めようとしてそう言ったのかもしれない。虚しい言い訳が真理子の体をすり抜ける。もうそんな現実離れの作り話は沢山。真理子は振り返ることもなく中川から去った。

それからの真理子は、針先に全霊を込めた。信頼できるのは、自分が刺し込む針と縫い合わされる糸が生み出す造形だけである。縫って、縫って、縫いまくって、いかに多くの女性たちに自分の作製品を着てもらえるか。形を変え、色を組み合わせ、どのような体形にも生地をフィットさせるのだ。

働くだけで埋もれていく洋裁師ではなく、自分の指先で紡ぐ糸で自分の道を拓き、世の女性を美の世界に誘うのだ。デザインを提案し、真理子自身が婦人雑誌のモデルにもなって、その業界では名の知れた存在になっていった。自分の店を持ちたい。洋装店の開店を目指して突き進んだ。

中川のもとを去ってから二十年あまり。客も集まり、相当の信用も得、お金も貯めて、すぐそこまで真理子の夢に手がかかろうとしていた時、電話が鳴った。

どこをどう調べたのか、中川からだった。

「金を貸してほしい。岩手の選挙に立候補する。偉い先生の後ろ盾もある。党の公認も受けられる。ようやく僕の出番が来たんだ」

俄かには信じられない。またしても中川の荒唐無稽な夢物語りに引き込まれて、積み重ねた時間を潰されてしまうかもしれない。

それなのにもう一度だけと思った。

古里を出て三十年近く経った。都会の喧騒にもまれ、つかず離れず、励まし合い、二人それぞれの夢を追った。離れ離れになっても、どこかの隅にもう一方の存在が生々しく残っている。真理子もまた、青春時代から引きずる夢に溺れたのかもしれない。

訪ねて来た中川に金を渡した。わざわざ、「今度こそ夢を叶えてね」と言い添えて……。

その金額は、真理子が服飾業界に打って出るために貯めた半分を占める金額だった。

中川は金を受け取ると高揚したように胸を張った。

「僕には自信がある。今が僕の勝負の時なんだ。見ててくれ、僕はこの国を新しく創ってみせる。これは借金の念書だ。何かの時は実家の親に見せてくれ」

懐から封筒を取り出すと真理子に渡した。

選挙の立候補者に中川の名はなかった。中川が金を何に使ったのか、どこへ向かったのか、真理子には見当もつかなかった。

それからの真理子は散々だった。服飾業界にも価値観の多様化という潮流が押し寄せたのである。デパート、百貨店など大手の販売元で、ハンガーに吊るされた汎用品が売れ出した。それらは上品のうえ安価だった。体形に合わせたトレンドも豊富。しかも、春と秋の周期で流行が変わる。もはや、高級なオーダーメイドは見放され、チャンスを逃した真理子は時代の波に翻弄され、飲み込まれたのである。

真理子は淡々と語り続ける。

「中川の夢にあたくしも乗ったのよ。でもね。癪なのよ。もう歳だけれど、あたくしの夢は返してもらいたいの。念書にはね。実家の蔵を渡すって書いてありました。高校の時、中川の実家を訪ねたことがあるの。大きくて立派な白壁の蔵がありましてね。あたくしには和風造りの教会に見えました。輝いていました。あたくし思わず、この蔵が欲しいって中川に頼んだの。無邪気だったわ。中川はそれを覚えていたのね。もう最後のチャンスなのよ。あたくしこの町でブティックを開きたい。白壁の蔵の中の世界。スポットライトに浮かび上がるそこだけが、あたくしのサンクチュアリ。それができたら本望だわ。それで、中川の実家へ行ったの」

和正、昭一、繁は息を止めて真理子の話に聞き入っていた。まるで映画の一場面を観るようなシリアスな画像の連続である。

「中川が死んでから四年よね。無駄だって思ったけれど、一度は念書を見せたくて。息子さんとの約束ですよ。約束は守って下さいって。だって何にもなしってというのも癪だわ」

「結局さぁ。中川の死因は何だったの？」

おそるおそる和正が切り出す。

「まるで駄目だった。酒浸りでアル中になってたみたい。ボロボロだったのねぇ。用水堰に倒れていたって。中学の時は六ｍもジャンプできたのに、その半分の距離も跳び越えられなかった。最後の最後まで、自分で自分のケリもつけられなかったのよ」

三人は顔を見合わせた。自殺ではなかったのか。では、本当に誤って落ちた事故だったのか。ひょっとして中川は、中学の時の記録にもう一度挑んだのかもしれない。そこは、堰ではなく砂場のはずだった。中川は醒めていたかもしれない。それでも跳んだ。だとすれば、中川は何に向かって走り出し、何を見つけて跳んだのだろう。

「で、蔵の件はどうなったの？」

「ご両親がいてね。もう九十幾つなのよ。そんなの知らないって言われたの。どうしても欲しいなら、自分たちが死んでから使えって言うの。交渉相手にもならなかったわ」

真理子は深い溜息をついた。長い道のりの想いが萎んでいくように、疲れた表情がＬＥＤランプの光に浮き上がっている。

「それで、中村さんに会いたいと思って。古民家ないかしら。安く手に入る古民家。中村さん顔広いでしょ。何でもやってるってお伺いしたものですから」

話に夢中になって武男のことを忘れていた。和正がスマホを取り発信した。うんうん、ふんふんと相槌を打ちながら、

「それなら仕方ないな。さっさと医者に行ったほうがいいぞ。まず、大事にしろ」

スマホを切った。

「武男、調子悪いんだって。よほどなんだろうな、酒も飲みたくないってさ。今日は欠席だと」

「かぁー。鬼の霍乱かぁ。酒も飲みたくないってか」

結局昭一は、いい気分の話を真理子の独白に巻かれて一言も言い出せなかった。

真理子は武男の連絡先をメモ帳に書き入れ、盛岡のマンションに越してきたから、また来ると告げて帰っ

て行った。

「中川とマリリンは、完全に男と女の仲だったよな」

　やはり、ゲスな見解は素早く一致する。和正が遠くを見るように息を吐く。

「なんだか哀しくなるなぁ。頭が良くて、金もそこそこあって、都会に出た。勝負できる自信もあった。それが、とてつもない怪物たちに囲まれて、一人では太刀打ちできないと分かる。二人だったら立ち向かえると考えて、そのひとり一人がお互いを呼ぶ。一緒に戦う同志。そんな感じがするんだ。男と女の仲だけでは線が繋がらないと思うのさ」

「生活できないのが問題だったのかな」

「いいや、飯を喰うことが目的じゃない。飯が喰えなくても雲の上が見たい。どうやっても見えないと分かっていても、見たかったんだ。とても凡人には理解できないよ」

　一同、首をひねったまま、それ以上コップに手が伸びなかった。


　七月二十四日。月曜日。曇り時々雨。

　あいにくの天候と同じように、和正の連絡を受けていた繁と昭一の表情は曇っていた。どうにも武男の体調が思わしくないらしいのである。それでも参加するというから、ゆっくり飲みながら待っている。

　戸が開いて、前かがみの姿勢で武男が入ってくるなり奥へ向かって叫ぶ。

「マスター！　今日は馬刺しがあるか。あるのか！　よし、それなら全部出せ！」

　色黒の顔が少し白けたようにも見える。

「何だぁ、しけた顔並べてよう」

　いつもに増して強気の様子。待ち受けていた三人は武男の登場にほっとしたものの、強気の割にはどことなく生気が抜けているようにも感じるのだ。

「武男。大丈夫か。飲んでもいいのか」

「なに、少しくらいならいいさ。ヤブ医者の言う事なんかいちいち聞いていられねぇ」

　武男は早口にまくしたてた。

　町の健康診断のための肺ガン検査に痰を提出した。何日も経たないうちに「肺ガンの疑いあり。細密検査を要する」と連絡があった。町医者に飛び込んで診察を依頼すると、医者は話を聞いただけで「ここでは検査ができないし手に負えない。紹介状を書くから盛岡の病院に行け」とあっさりと断られた。

「肺ガン？　どこの病院紹介された？」

「総合病院だ。なに、まだガンと決まった訳じゃねぇ。だいいち総合病院も、今は混んでいるから一週間後に来いっていうのさ。余裕あるべ。急ぎの話でもねぇんだ。たいしたことねぇ。まずは検査入院だと」

　武男は、まだ肺ガンと決まった訳でもない、急いでもいない、たいしたことでもない、と肺ガンの疑いを否定した。しかし、馬刺しを口に放り込み、酒をグイグイ飲み始めて、明らかに動揺していた。

　和正がうっかり口を滑らした。

「まあ、年寄りの三人に一人は何らかのガンになるっていうから、四人もいればこの中の誰かに当たるさ。胃ガン、大腸ガン、前立腺ガン。膵臓、肝臓もあるな。肺ガンはその中でも断然多いんだ」

　和正の発言は一般的な話として世間に広まっていることである。だが、ナーバスになっている武男に追い打ちをかけることになった。

「なにいっ、じゃあ俺が、お前たちを代表してガンになったってか！」

　もう止められない。顔面蒼白となった武男は和正に掴みかからんばかりの勢いである。

「おい、薬屋！　お前この間、長生き出来る薬はないって言ったよな。それなら、すぐに死ねる薬はあるのか？　繁よう、お前は立派な死に方があるって言ったよな。死に際が大事だってな。上等だ、立派に死んでやろうじゃねぇか！」

　気が高まって興奮している。コップを握り締め、小刻みに震えながらテーブルに突っ伏して泣き出した。武男の動揺に、三人は掛ける言葉が見つからなかった。武男の言う通り、まだ検査を受けた訳でもない。結果が出たのでもない。だが、日頃能天気な武男の言動の裏側には、激高して泣くほどの不安が隠れている。それだけ変調を感じているのか。ここ何日か、武男は突っ張ろうと踏ん張っていたのだろう。

　やおら顔を上げた武男は、

「お前たち、俺に同情してるんだべ。気の毒だと思っているんだべ。助からねぇって決めつけてるんだべ。

薬屋！　冗談でなく、本気で死ぬ薬作れ。但し、立派な死に方ができる薬だ。もし万が一、悪い結果が出たら、俺はジタバタしたくねぇんだ。もう一つ条件がある。その死ぬ薬はお前たちも持ってろ。四人一緒にな。俺だけが持って、お前たちが知らん振りっていうのは、あんまりだべ」

武男は開き直った。立派な死に方見せてやる。その代わり、早晩後を追うであろうお前たちも、俺を見習ってその薬を飲め。立派に死ね。それが本当の友達というものだ。と。

「和正。そんなのできないだろ。武男に謝れよ。武男もいい加減にしろよ。これからが大事だろうが」

昭一が割って入ってなだめようとするが、和正は顔を赤らめて首を振って更に言う。

「いいや、武男がジタバタしたくないというのはいい覚悟だと思う。ホスピスというのがあってな。もうどう手を尽くしても命がない。だったらそれを受け入れて静かに残った時間を過ごす。余計な治療はしない。望むのは痛み、苦しみからの開放だ。精神的に追い詰められることなく安らぎを求める。自分が自分を決めるんだ。そういう人が増えて、手助けする病院もある」

「自分を見限るのか？」

「そういうことではない。終末医療だ。科学的な治療を続けて無理に延命をはかるのではなく、あくまでも安穏を求めた死への自立だ」

武男は一層いらついて酒をあおる。

「そんな難しい事聞いているんじゃねぇ。俺は、俺がもう駄目だと思った時、その薬を飲んで静かに逝くのよ。お先にってな。誰にも迷惑はかけねぇ、俺が決めるんだ。だから、作ってくれって頼んでるんだ」

「それ自殺にならないか？」

「自殺じゃねぇよ。何度も言わせるな。俺の命は俺が決める。生きるのに権利があって、死ぬのは許されねぇっていうのもおかしいじゃねぇか。死ぬ権利もあるべぇ」

「権利よりもな。その薬飲んで死んだら、和正が殺人者になってしまうべな」

「なに、黙ってればいいんだ！　四人がそれ持って秘密にしておきゃぁいいだろうが。黙ってりゃあ誰にも分からねぇ。俺たちだけの秘密だ。固い同盟じゃぁねぇか。お前たち、嫌なのか。おっかねぇのか。ようや薬屋、それならどうだ！　作れねぇのか？」

武男は、死ぬ薬を持つことが四人の秘密だ、同盟を結べと叫んだ。ムキになる武男の突っ張りが、不安の裏がえしであることは三人にはよく分かる。武男、たいした事ない、深刻になるな、心配するな、と何とか収めたい。

唾をゴクリと飲んで、かすれ声で繁が言う。

「分かった。四人だけの同盟な」

昭一もこくりと頷く。

「俺もだ。和正、できるのか？」

思案の様子で和正が、ぼそっと言った。

「……　作れる」

高橋薬店に昔から伝わる薬事本に「毒」の項がある。そこに「穏やかに死ぬる」一節が書かれている。

……　ブスキノコなる茸。毒性極めて強し。二日のうちに意識が薄れ、たちまち弱る。水気抜け、ひからびた様で絶命する　……

キノコ辞典を調べると、ブスキノコとはシロタマゴテングタケのことで、食後五時間程度から嘔吐、下痢、胃痛、意識薄れ、脱水の中毒症状が現れ、二日から五日後に死亡するとあった。昭和三十三年、旧玉山村で一家六人中四人が死亡したほどの猛毒である。

――シロタマゴテングタケを細かく刻み、すり鉢で擦る。極弱火で汁が底をつくまでトロトロに煮詰め、そこへ、トリカブトの根を乾して粉末にしたのを混ぜる。火を止め、粗熱をとってから蜂蜜をとろーりと一回り加え、念入りにかき混ぜる。蜂蜜を掛けるのは、冷めた時に固まらせるのと、苦味を抑えるためだ。それを、板の上で伸ばし、食紅で色付けた米粉をまぶしながら三センチ角に切り、手のひらで転がし粒状に丸める。桃色の丸薬ができ上がる。更に日陰干しして水分をとばすと固くなり、粒の中では発酵が進み成分が濃くなる。こうなると、変質しない。見た目、ただ綺麗な桃色の丸薬。夕方に三粒飲めば、次の朝までには目的を達成することができる。一晩のうちに苦しまず、眠るように呼吸が止まる。もちろん、青酸カリのような死斑は出ない。穏やかな死に顔のままだ――

「武男。俺がガッチリ作ってやる。どうだ」

「毒キノコにトリカブトか。毒×毒だな」

武男は、繁の混ぜっ返しには反応しない。真剣な表情だ。

「そいつは苦くねぇんだな。苦しみもねぇんだな。三粒ってのはどういう訳よ」

「三粒に分けるのは『情け』だ。本当に死にたいと思っても、躊躇することもある。一粒、二粒飲んでから、我に返って死にたくないと思う事もある。そこでやめれば何事も起きない。三粒一気に飲まないと逝けないんだ」

大真面目な表情の和正の毒薬レシピを聞いて、武男も昭一も繁も息を吐いた。繁が聞く。

「本当かよ？　漫画みたいな話だな」

「本当だ。実は一度作った。試しにニワトリに一粒だけ飲ました。嘴を無理矢理開いて喉に突っ込んだ。十分でパタリと死んだよ。強烈に効く。それなら人間でも三粒もあれば確実に死ぬ。どうする武男。本当に欲しいいか」

「うっ。おおう上等だ。作れ。作ってくれよ。一発で決まるやつをな。お前たちもいいな。同盟だぞ。丸薬同盟だ。誰にもしゃべるな！」

「でもな、問題がひとつある。すぐには作れない。シロタマゴテングタケは八月の雨を浴びないと生えないんだ。まだ早い。一ヶ月はかかる。五十本は採らなければならないからな。手間がかかる。武男、それまでは死ぬのを待て。四人分作るのは簡単じゃない。お前が先に死んだら、お望み通り秘密を守って、丸薬同盟を結ぶ意味がないじゃないか」

「おう、分かった。出来るまで死なねぇ。お前たちも、俺より先に死ぬなよ。明日のことはお天道様でも分からねぇんだから」

検査入院のはずの武男は、即継続入院となった。写真だけではよく分からないので、メスを入れ肺の一部を摘出し、細胞の詳細な分析が必要と判定されたのである。

すぐ見舞いに行こうにも落ち着かないところへ押しかけたのでは、かえって武男の心を乱すことになる。少し間を置こう、と三人は話し合っていた。

気になりながらも日を過した午後、和正を武男の娘の初美が訪ねて来た。

武男は初美に、高橋薬店に行って「あれを受け取って来い」と言い、もうひとつ、「入院前にマリリンから連絡があったが、寝室と洋式のトイレ、バスもキッチンも整っている古民家なんてどこにもないから諦めろ、とマリリンに伝えてくれ」と言いつけたという。

詳しいことは、薬屋がぜんぶ知ってるから間違いなく伝えろ、早く行ってこいとしきりに急かして返事を待っているらしい。

「『あれ』も、『マリリン』も、何の事かさっぱり分からなくて」

病院じゃあ電話もかけられないか。いや、弱った声を聞かせたくないんだな。

「で、どんな具合なの?」

「やはりガンでした。すぐにどうこうはないと思うのですが転移している範囲もよく検査しないと。どこまで広がっているか心配です。悪いところを取りきれればいいんですが。それが済んでから抗ガン剤投与も必要らしいんです」

「その結果はまだなんだね。見舞いに行ったら会えるかな?」

「ええ、今のうちなら……」

「分かった。『あれ』は私が届けるから」

和正はなぜか胸騒ぎがした。初美は「今のうちなら」と含むように言った。初美の言うように悪いところさえ除去してしまえば、例え片肺になっても命を取られることはないはずだ。ただ相手がガンだ。どこまで浸潤してるかが不明だ。ステージはどの段階なのか、聞こうとしたが、思い直して唾を飲んだ。

和正、昭一、繁の三人は連れ立って見舞いに行った。

「三人揃って、一回で見舞いを済ませるつもりだな。見舞金も相談して合わせたんだべ。一律五千円か。やりそうなこった」

武男の口は相変わらずだったが、ベットから起き上がるのもようやくで、話すのも苦しそうだった。

「まあな。色々危ねぇこともやったから骨休めだ。退院したらびっくりすることやらかすぞう。おい薬屋、出来たか。持ってきたか」

和正は小箱を差し出した。

「上手く出来た。間違いない。だけどさ、見たところそんなに衰えてないな。それじゃあ飲む必要もない。

肺なんて片方だけでも十分だから、悪いところを取って早く戻って来いよ。いらなきゃ捨てろ。トイレに流せ」

「他人のことだから何とでも言え。昭一、繁。お前たちもこいつを持ってるんだろうな」

昭一と繁は小箱を取り出して見せる。

「疑ぐり深いぞ。ほら。同盟結んでるからな。武男を一人にできねぇだろうが」

「そうか。それでこそ本当の友達だ。まあな」

武男は小箱の蓋を開いて桃色の丸薬をじっと見つめながらニャっと笑った。「お世話になります」と言いながら小箱を拝み持ち、備え付けの引き出しに入れた。

「それから、マリリンにも連絡しといた。あら残念。しょうがないわって、深い溜息をついてたぞ」

武男はプッと笑いそうになった。

「あの女たいしたもんだ。本気なんだ。ブテックとかなんやら、とにかく店出したら世の中の女が幸せになるって言うんだ。でもよう、開店用の資金を貸せ、いい場所見つけろみたいな話でよう、可哀想だが断ったさ。だいいち、雪降る冬にどうやって一人で暮らすのさ。雪女になってしまうべな。才能、実績があっても実現できねぇから夢なんだべ。そりゃあ苦労したべ。やる気満々だべ。だけどそんなことも分からねぇんだ。いい歳になっても、昔の夢を追っかけて、まだもがいているのさ。まぁ頑張れって言うしかないな。お前たちもいい塩梅に付き合っておけよ」

馬場真理子は、武男に自分が持つ情熱を伝えきれなかったようだ。かえって、現実を突きつけられ途方もない道のりに嘆息したかもしれない。

事業に成功した武男の独特の嗅覚が、より現実を的確に捉えていたのだ。


九月八日。曇りのち晴。

薬を車に詰めこんで出かけようとしていた和正に初美から電話があった。

朝早くに武男が亡くなったという。

息が詰まり声も出ない。驚きよりも全身を震えが襲って立ち竦んだ。うすうす感じることはあったが、そんな急な展開になろうとは思いもしなかった。見舞いに行ったのは十日前。入院僅か一ヶ月。これからが本格的な治療が始まるのではなかったのか。

昭一に連絡すると出勤後で繋がらない。まだ出かけずにいた繋に連絡し、昼過ぎに自宅へ戻るという武男の遺体に会いに行くことを決めた。繋がった昭一からも、すぐ帰ると連絡が入り、とにかく三人一緒に駆けつけた。

武男はどこにいるのか。和正は家中に飛び込んだ。奥の方では慌てた様子のざわめきが飛び交い、祭壇のしつらえをしているのだろう。

忙しそうに動き回っていた初美が三人の訪問に気がついて手招きし、玄関脇の小部屋に案内した。

「顔を見てやって下さい。落ち着いて、静かな顔で、まるで父らしくないんです」

急支度の小さな祭壇の奥の布団に武男は横たわっていた。顔を覆う布をめくり、三人は綿棒を水で濡らし、口を湿らせてやった。

「昨日まで何ともなかったんです。一晩のうちに急変して。いえ、危篤だ、臨終だって騒いだ訳でもなく、自然に呼吸が止まったというか、朝まで誰も気がつかなかったんです。ですから、死んだ正確な時間も分かりません。母は動転して寝込んでます」

冷静な様子だった初美は、顔を覆って激しく嗚咽した。

「寂しがり屋のくせに、ひとりで逝きました。もっと手をかけてやればよかった。それもできなかった。まるで好き勝手に、わがままを通して……。お医者さんもびっくりしてますよ。こういうの寿命っていうんですか。まだ七十前ですよ。早すぎます。何にも整理がつきません。諦められないです」

武男は、すこし痩せて、日焼けしていた色素が抜け白く見える分、穏やかな面相をしている。あまりにも急な展開に三人はただ呆然と見つめていた。どこに生と死の分かれ道があったのだ。横たわる武男を目の当たりにしても、体躯の質量が満々として、すぐにも息を吹き返し、むっくりと起き上がる気配さえする。

肩のところに丸薬が入っていた小箱が置かれていた。和正は小箱をつまみ出し、蓋を開けると「うっ」と低く唸った。昭一と繋も身をひねって覗き見た。

小箱には丸薬が一粒だけ残されていた。

初美も涙ながらに小箱を見つめている。

「それ何ですか？　父は長生きの薬だって言っていつも大事そうに傍に置いてました。これを飲めば、間違いなく八十まで生きるって。だったら早く飲めばいいでしょ、って言うとね。駄目だ、七十五歳になったら友達と一緒に飲むんだ。だから簡単には飲まない。固い約束だって笑ってました」

三人は口を固く結んで、凍りついていた。

和正は天井を仰ぎ見ると涙が溢れ出てきた。武男は二粒飲んだ。どんな心の揺らぎがあったのだろう。それを思うと、ガックリと首が落ち、背中を震わせて泣いた。

小箱の蓋を閉め、元の位置にそっと戻した。

九月二十四日は日曜日で「馬楽」は定休日。二十四の会は一日遅れの二十五日。晴。

小上がりの部屋には四人分の酒仕度がされている。武男の葬儀が終わってから、三人の心中は複雑だった。

武男は丸薬を二粒飲んで一粒を残した。なぜ、そうしたのか。あんなに執拗に薬を作れと迫り、早く届けろと急かせていながら、中途でやめた。二粒を口に含んだその夜の刹那、武男の孤独、心情は計り知れない。胸が掻き毟られる思いにとらわれて悲しみが尽きない。三人は三様に、武男の不思議な心の蠢き、そのことばかりを考えていた。

昭一と繁には和正に聞かなければならないことがある。

「あの丸薬は本当に死ねる薬なのか？」

和正は困ったように体を捻る。

「昭一、繁。お前たちはどう思うのよ。毒と思えば毒。死ぬと思えば死ぬ。レシピは俺の創作なんだ。タマゴテングタケなんてどこに生えているのか俺は探せない。マイタケを刻んで作ったのさ。ニワトリが死ぬ訳ないさ。トリカブトも話だけ。蜂蜜と米粉と食紅は本当さ。問題は武男がどう思っていたかだ」

武男の丸薬へのこだわりは何だったのか。

昭一が重い口を開く。

「やはり武男は死にたくなかったんだよ。いや、二粒飲んでから思い直した。今は死ぬ時ではないって。でも苦しかったんだろうな。辛くても耐えて治療を受ける。治ってなんとしても戻る。だから、最後の一粒は飲まなかったんだ。苦しくて、もう駄目だと思って二粒飲んだ。でも思い直して気を強くした。まだ一粒残ってるって。三粒一気に飲まなければ死なない。俺は簡単に死なない。それに、もし飲んで本当に死んだら、和正が犯罪者になるかもしれない、とおもんばかったのかもしれない。武男の頑張りとやさしさだよ」

　繁の考えは別にある。

「そうかもしれないが、武男はあの丸薬を本当に毒薬と思っていたのかな。そうは思えないんだ。武男は自分の死を察知していたと思う。自分が追い込まれていくことを感じていた。だから、丸薬を飲まなくともその時が来ると覚悟していたんじゃないか。そうなったら死を受け止めるしかない。丸薬の力を借りなくても、立派に死ねる。一粒残したのは、俺たちへのメッセージだ。丸薬で死んだんじゃねぇ。死ぬのはこわいが、俺は死ねる。お前たちにも、いずれお迎えがくるぞって。あいつの口グセは、『俺は待ってるぜ』だろ。最後の最後まで突っ張った武男の美学だよ」

　和正は、昭一と繁の解釈を聞いて頷く。二人の解釈は相反するようでも的外れではない。

和正も和正の思いを二人に問いかける。

中川の死と武男の死は、人生の最期として差異はないのに、中川の死にはいまだに拭いきれない曖昧な疑問が残る。武男の死には無念の思いがありながらも潔さを見てとれるのはなぜなんだろう。武男の死にはどこかに響くような、懐かしいような、昔日の思いが湧き出るのを強く感じて心が疼くのだ。

　武男は、なぜ、あんなに丸薬を欲しがり、同盟を叫んだのか。友達の前で強気を張っただけではないような気がするのだ。

　丸薬を渡した時の笑顔は、いたずら坊主が玩具を手にした時のように無邪気に見えた。その笑顔はどこから湧き出たのか。丸薬を手に入れた満足感だったのか、変わった物が手に入ったと面白がる笑顔だったのか。

　もしかすると、死なんて考えてもいなかったのに、一方で下手すると危ない、と深刻な不安を隠していたのかもしれない。それも入院するはるか前から……。

　しかし、娘さんは武男が、丸薬を飲んだら八十まで生きられる、また、七十五歳になったら友達と一緒に飲む約束をしていると話したという。いつも丸薬を身の傍に置いて眺めていたともいう。

すぐに取り出して飲むことさえできる。飲めば死ぬ。が、逆に、手元に置いて飲まない限り、いつまでも命が続くはずだと考えたかもしれない。決して諦めてはいなかった。近未来の時間を楽しみにしていたのだ。

武男はいつの間にか、彼独特の考え方と勘を働かせ、丸薬を持ち続けることで、毒薬を長生きの薬に変えたのではなかろうか。

復活したら「バカ野郎、こんな薬、何の役にも立たねぇ」って投げ返したと思う。

丸薬を持つことで、自分の命を繋ごうとし、壮絶な痛み、苦しみ、襲いかかる不安も解き放とうとしたのだ。

そこまで到達できたのは、自分は一人ではない、和正も昭一も繁も持っている。それが四人一緒の固い同盟の証……。

ニヤリと笑ったのは、友達と結んだ同盟の喜びだったのではないか。

だから、丸薬が毒であろうが、偽物であろうが、武男にはどうでもよかったのだ。大事なのは、約束を守って、集い来る友達がそこにいるか、どうかなのだ。

いつでも死ねる丸薬を胸に抱いて、死ぬも生きるも、飲むか、飲まないかも、ガキのころ友達と遊んだゲーム感覚と同じなのだ。あの丸薬もビー玉に見えたのだろう。

しかし、苦しさに見舞われた暗い病室のいつの夜に二粒を飲んだのか。追い詰められて、孤独で、寂しかったと思う。

丸薬を飲んだ次の朝。陽の光を浴びてまだ息があったであろう武男は、孤独を霧散させたに違いない。気がついていたのだ。今までも、これからも一人ではないと……。

その時も、ニヤリと笑ったかもしれない。一粒残ったビー玉で、新しい遊びを考えついた少年のように……。

結局、武男に遊ばれていたのだ。

「俺のビー玉取ってみろ、お前たちに取られるほど俺は下手くそじゃねぇ」

武男が笑っている。

飲むほどに、語るほどに、武男を懐かしむ三人の想いは同じだった。

「丸薬、返せ。もういらないだろうが」

「いいや、返さない。一生の同盟の証だからな。俺はずっと持ってる」

「あの世に行ってもビー玉遊びかよ。武男も早く来い、遊ぶべって待ってるしな。しかし桃色のビー玉だぞ。迫力ねぇな」

「それにしても、武男のやつ。許せねぇな。最後まで格好つけてよ」


バス停裏「馬楽」では、高齢者三人と、ニヤけた影のもう一人。四人揃って酒を酌み交わしている。

（了）

医療法人　芝蘭会（しらんかい）

| | | |
|---|---|---|
| 診療科目 | 泌尿器科・皮膚科 | |
| 診療時間 | 月・火・木・金 | 9：00〜12：00 |
| | | 14：00〜17：00 |
| | 水 | 9：00〜12：00 |
| | 土 | 9：00〜13：00 |
| 休 診 日 | 日曜日、祝祭日 | |
| 入院の可否 | 否 | |

■人工透析を行っています。
■旅行者の透析も受け入れています。
■駐車場は10台分以上あり。
■ホテル東日本となり。

〒020-0022　岩手県盛岡市大通3−3−22
☎019−654−1411（代）
ホームページ：http://www.isurugi.com/
E・メールアドレス：takashi@isurugi.com

【時代小説】

# 桜坂の春

原　光衛
*Hara Mitsue*

さし絵　村井　康文
*Murai yashuhumi*

## 一

春の訪れの遅い奥州霞露（かろ）藩にもようやく暖かい日が差し始めた。

固かった梅や桜の蕾（つぼみ）が日増しにほころび、天明八（一七八八）年の三月十五日（新暦四月二十日）を過ぎると、人々の間で「梅が咲いたねえ」「そろそろ桜が咲くのでは……」と浮き立つような言葉が交わされ始めた。

城下の霞露町は梅が咲くと、何日も置かずに桜が咲く。梅と桜が競い合うように開花するのを見て人々は、長かった冬が終わったことを実感するのだ。

　町の真ん中を流れる霞露川に架かる椿橋のたもとの一本松に集まってきた棒天振りや担ぎ売りの商人もそうだった。じっと寒さを耐え忍ぶ冬の間は、食べ物と薪、炭しか売れない。だから、みんなこれから始まる春の商いに期待を寄せている。

　大きな一本の赤松の北側には、なだらかな山容の霞露岳が見える。まだ雪をかぶっているが、中腹に馬の形をした雪形が現われている。これを見て、百姓たちは雪解け水を田に引き、田植えの支度を始める。

　一本松の下に今朝も青物売りの鶴三、川魚売りの正吉、水売りの五助、油売りの伊助、草鞋売りの竜三、飴屋の新平がやって来た。納豆屋も鋳掛屋も笊屋もいる。みんな二十年も三十年も棒天振りをしてきた者ばかりだ。

　そんな中に担ぎ商い五年目の小間物屋の安兵衛も交じっている。

　父親が五年前に亡くなり、独り立ちしたのだ。今年二十歳になった。もちろん一番若い。だが、幼いころから小間物の担ぎ商いをしていた父親の安吉について歩いて仕事を覚えたこともあって一丁前の顔をしている。

　別に打ち合わせている訳ではないが、毎朝、振り売りや担ぎ売りがここに集まってくる。世間話をしながら、見聞きしたことや仕入れた話を教え合っている。

「安、あそこの長屋の三軒目の嬶が白粉、ほしいとさ。近くを通ったら寄ってやりな。でも、あの日焼けした顔に白粉を塗ったら化け物だろうに――」

　こんな具合に口が悪い連中だが、教えてくれる話に嘘はない。だから、泊りがけの遠出でもしていない限り、毎朝顔を出した。

　みんな、小さいころからの顔見知りだ。自分の倅のようにかわいがり、商いのこつを教えてくれる。中には金払いの悪い爺の名を上げて、あいつには何も売るな、掛け売りにすると踏み倒されるに決まっている、とささやく者もいた。

　安兵衛は、数いる振り売り商人の中でも油売りの伊助を「親父」と呼んで慕っていた。死んだ父親と兄弟付き合いをしていたこともあるが、懐の深さに惹かれていた。いつも自分を温かく見守っていると感じていた。

　めったにないことだが、厳しい顔を見せることがある。そんなとき、親父さんは侍ではないのか、と思ったりもした。伊助の天秤棒がやたらと重いため、そう感じたのかもしれない。

　安兵衛は知らなかったが、伊助は藩忍び御用の竿灯組の細作（間者）小頭だった。重い天秤棒を自在に操る棒術の達人でもある。振り売り仲間の何人かは、伊助の配下だ。水売りの五助もその一人だ。

　伊助にあいさつすると、あいさつを返してから聞いた。

「安、きょうはどこを回るんだ」

「大工町から瓦町、紙町を、と思っています」

「そうかい。大工町のどこの長屋か知らないが、大工の嬶が殺されたっていう話だ。下手人はまだ捕まっていない。嬶を狙った殺しなのか、通りすがりの殺しなのか、分からないってさ。憂さ晴らしの通りすがりの殺しだったら、安、お前も狙われかねない。気をつけて行くんだぜ」

　へい、と返事をした安兵衛は、春のぬくもりを感じながら、立ち上がった。

　振り売りが散らばった霞露町は、霞露藩一万石の城下町だ。

　安兵衛は四段重ねの木箱を背負っている。木箱ひとつの大きさは、幅一尺五寸（四十五センチ）、奥行き一尺（三十センチ）、高さ八寸（二十四センチ）だ。

　それぞれの木箱に櫛や髪挿、笄、白粉や白粉刷毛、紅や紅筆、絵草子、桜紙などの日用雑貨を入れている。櫛は桃や桜、椿、黄楊などの木で作ったものを多く扱っている。高価な鼈甲や象牙の櫛は、注文を受けてから仕入れる。

　結構な重さだが、背丈が五尺五寸（百六十五センチ）と大柄な安兵衛には苦にならない。担ぎ始めたのは、十二、三のときからだ。慣れた重さだ。

　父親から教わり、引き継いだ得意先を回って歩く毎日だ。商家の内儀や娘、長屋の嬶や娘に声をかける。きょうは買ってもらえなくとも、あした買ってくれると思えば、ついつい優しげな声になる。

　昼前に行った大工町の徳三長屋も昔からの顔なじみだ。

暖かい日差しを楽しむかのように三人の嬶が井戸端でおしゃべりしている。

「おや、安さん。しばらくぶりだね」

「へい。暖かさに誘われて冬ごもりの熊が巣穴から出てきたようなもんです」

赤ん坊を背負っている若い嬶にまとわりついている女の子に目が行った。

黒目が大きく、利発そうに見える。背が伸びたが、着物の縫い上げをほどいていないため足が出ている。

「あれ、お初ちゃんかい？ちょっと見ない間にずいぶん大きくなったね。おっかさんは？」

一番年かさの嬶が慌てて口を挟んだ。

「安さん。あんた、知らないのかい？」

「何の話で……」

「おっかさんのお育さんは、十日前にそこで殺されたんだよ」

長屋の木戸口のあたりを顎で示した。

（親父さんがいっていた殺しは、お初ちゃんのおっかさんのことだったのか。きょうは三月の二十二日（新暦四月二十七日）だから、殺されたのは十二日か）

別の嬶が教えた。

「下手人はまだ捕まっていないよ」

「お初ちゃん。知らなかったとはいえ、悪いことを聞いてすまなかったね」

安兵衛が詫びると、初は、ううん、というように首を横に振った。

（確か、お初ちゃんのおっかさんは、義理の母親だったはず。実の母親に続いて、またおっかさんを亡くしたのか……）

初の父親の用二は、三年前に連れ合いの勝を亡くした。寒かったり暖かったり、と目まぐるしく天気が変わった春先のことだった。何だか熱っぽいけど二、三日すれば治るだろうと言っていたが、三日目にぽっくり亡くなった。初は四つだった。腕のいい大工の用二は毎日仕事に出ているため、いつも隣近所の嬶の世話になる訳にも行かず、二年前に育を後添えに迎えた。

その育が殺された、という。

安兵衛が初に年を聞くと、七つと答えた。まだまだ母親のそばにくっついていたい年ごろだ。

「おとっちゃんに心配をかけまいとしているのか、泣き言ひとつ言わない子だよ」

　世話をしている嬶がわが子のように自慢すると、ほかの嬶たちも、そうだそうだ、とうなずいた。

「それで、下手人の目星はついているのかい？」

　安兵衛が聞くと、みんな肩を落とした。

「晩飯の支度に忙しい夕方のことでねえ。だれも下手人らしき男を見ていないんだよ」

「男？」

「ああ。お初ちゃんが見知らぬ男の後ろ姿を見ていたのさ。だから、男、と分かったけど、それ以上のことは何も分からない。どんな着物を着ていたのか、どんな帯を締めていたのか、七つの子に、思い出せ、といっても無理さ」

　大人の話を聞いていた初は、思い出さない自分が悪いとでも思ったのか、めそめそ泣き出した。

　安兵衛は、あわてて櫛の入っている木箱を開けて子ども用の櫛を取り出した。

「お初ちゃん。ごめんよ。泣かせるつもりはなかったんだ。この櫛、上げるから機嫌を直しておくれ。そうそう。似合うよ。お初ちゃんは泣き顔よりも笑顔がかわいいよ。きっと下手人は捕まるさ。お天道さまが悪い奴を見逃すはずがないさ」

　安兵衛は木箱を背負った。

「また来ますよ。お初ちゃん、今度来るときは飴を持ってくるからね」

　機嫌を直した初は、にっこり笑った。

「ああ、そうそう」

　こういって一番若い嬶が安兵衛を呼び止めて頼みごとをした。

「安さん。鋳掛屋を見たら、うちに来るようにいってくれないかい。鍋に穴が開いて何にも作れないんだよ」

「何にも作れないなんて、よく言うよ。あんたが何か作ったところなんぞ、ついぞ見たことはないよ。あんたのうちの飯のおかずは、毎日出来合いの惣菜じゃないか」

　年かさの嬶が冷やかすと、一番若い嬶が口をとがらせる。

「腕を振るいたくとも、鍋に穴が開いていれば、作れないじゃないか」

　じゃれ合いと知りながら安兵衛が割って入る。

「まあまあ、二人とも……。明日の朝、椿橋の一本松で鋳掛屋の治助さんを見かけたら声をかけておくよ」

「すまないねえ」


安兵衛は瓦町を回ってから紙町に足を伸ばした。

紙町の紙屋「千枚屋」の勝手口から入った。いつものことながら三和土（たたき）には塵ひとつ落ちていない。ここの内儀がきれい好きなのだ。

三人の下女が台所で白湯（さゆ）を飲みながら世間話をしていた。簡単な昼飯が終わり、その後片付けも済んだところだった。晩飯の支度を始める前の、のんびりしたひと時だ。

下女の一人が安兵衛に白湯を勧めた後、奥に行った。白湯を出した下女もそうだったが、三人とも頬と手を赤くしている。冬の水仕事であかぎれができたのだ。見るからにかゆそうだった。

安兵衛は上り框（かまち）で日用雑貨の箱を開け、蛤（はまぐり）の貝殻に入った塗り薬を取り出した。

「これは、あかぎれによく効く薬ですよ」

「効きそうなのは分かるけど、銭がねえ……」

「銭を出し合って、ひとつ買って三人で使おうか」

そこに内儀が下女と一緒にやってきた。

「その、あかぎれの薬、三人分、置いていっておくれ。わたしが払うよ」

下女たちが喜びの声を上げた。

「そのかわりと言っちゃ何だけど、ひとつふたつ頼まれごとを聞いてくれないか。もちろん、お礼はちゃんとするよ」

「へい。何でございましょうか」

小間物屋の安兵衛は、得意先からさまざま頼まれ、嫌な顔ひとつ見せずに客の注文に応える。そんな安兵衛の来るのを千枚屋の内儀が待っていたのだ。

「六十になったお義母（かあ）さんに新しい布団を作ってあげようと思っているのよ。真綿は、南部藩の山岸真綿を使いたいの。山岸真綿はずいぶんと質がいい、と評判なので買ってきてほしいの」

南部藩は、安兵衛の住む霞露藩の南隣にある十万石の大藩だ。

（山岸村は、確かご城下盛岡の東はずれにあるはずだ）

「承知しました。おやすいご用です」

何度か盛岡に行ったことのある安兵衛は、快く応じた。

「ついでに旦那様の分とわたしの分を新しくするので三組分だよ」

「へい。山岸真綿を布団三組分ですね」

「もうひとつ頼みがあるんだよ。十八になる息子がね、南部表の雪駄がほしい、と言っているのよ。霞露の町では売っていないため、これも買ってきてほしいの」

竹皮をびしっと編んだ南部表は、素足でも足袋でも履き心地がいいと評判の雪駄だ。南部藩の身分の低い武士が内職で作っている。江戸では武士、町人を問わず人気があるという話だ。

千枚屋の倅もこうした噂を耳にして母親にねだったのだろう。

「へい、承知しました。大きさは七寸七分（約二十三センチ）が主ですが、これでよろしいですか？」

「ええ」

「何足、買ってきますか？」

「そうねえ……。二足もあれば十分だと思うけど」

「へい。南部表を二足。ただ、往来手形を書いてもらうのに日にちがかかるので品を届けるのは十日ほど後になります」

「構わないよ。どっちも、そんなに急ぎはしないから——」

そういって内儀は山岸真綿と南部表の前金として一分銀（二万五千円）を一枚渡そうとした。

「いくらするのか分からないのでお代は品物と引き換えでいかがでしょう」

「往来手形を書いてもらうのにお礼もかかるだろうし、宿代もかかるだろう」

霞露から盛岡に行くには、途中一泊しなければならない。盛岡でも一泊が必要だ。暖かい季節になったため、雨が降らなければ道中は野宿してもいいと思っていた。だが、盛岡で野宿という訳にはいかない。

それでも安兵衛は遠慮した。

「ついでに盛岡でいろいろ仕入れてきますんで、お気遣いは無用に願います」

こういって断る安兵衛と内儀の押し問答になり、結局、半分の二朱銀（一万二千五百円）を一枚預かった。

二

翌朝、一本松に行った安兵衛は、鋳掛屋の治助を探した。松の木にもたれて莨(たばこ)をのんでいた治助を見つけ、徳三長屋の嬶に頼まれたことを伝えた。

治助は鼻から煙を出しながら、ありがとよ、と礼を言った。

油売りの伊助が近づいてきて冗談を言った。

「安、無事だったかい」

「ああ、親父さん。きのう、話を聞いた大工町の殺しさ。殺されたのは徳三長屋の大工用二の嬶、お育さんだったよ。お得意さんだったんで、びっくりした」

安兵衛が徳三長屋でのやりとりを伝えた。

「下手人の後ろ姿を見たのは、娘のお初ちゃんだけか……。ほかにもいそうなものだけどな。それにしても物騒な世の中になったものだ。安、きょうも気をつけて商いに励むんだぜ」

安兵衛は伊助に頭を下げ、寺町に向かった。

父親と母親が眠る大龍寺に行き、小さな石の墓に手を合わせてから住職を訪ねた。

「盛岡に品物を仕入れに行くため、往来手形を書いてもらおうとやって来ました」

安兵衛は、盛岡での行き先を細かに住職に話した。

これを基に住職が安兵衛の住所、名前、生年、職業、旅の目的などを記した往来手形をつくるのだ。

他藩に行くときは、身分を証明する往来手形を持たなければならない。これがなければ、藩境の関所を通れない。

安兵衛は依頼した後、百文（二千五百円）の礼金を差し出した。

「安兵衛さんは、確か去年も行っているね」

「へい。去年は半分物見遊山でしたが、今度は千枚屋さんに山岸真綿と南部表を頼まれまして……」

「ほう、それはいいことじゃ。お得意さんに信頼される商人になったのか。草葉の陰で親父さんも喜んでいるだろう」

住職は目を細めて合掌した。

「今日中に書いておくから明日にでも取りにくるがいい」

大龍寺を出た安兵衛は、桜並木で知られる桜坂に向かった。

ここにもお得意さんがいる。一軒屋に住んでいる香という女だ。どこかの大店の隠居の妾だ。年は安兵衛の五つ上の二十五。大年増だ。安兵衛は年に一、二度泊りにいく。数年前に筆を下した相手が香だったこともあるが、香と相性がいいからだった。

（お香姐さんともしばらく会っていないな）

桜坂の道の片側には、ほぼ五間（九メートル）間隔で十数本の山桜が植えてある。

緩やかな坂の上り口にさしかかったとき、安兵衛は、急ぎ足になっていたことに気づいた。下帯の下がうずいていた。

（暇な旦那が来ているかもしれない……）

うずきを鎮めようと桜の木で足を止めた。

さわやかな風が、ふうっ、と通り抜けた。

少し汗ばんだ顔に心地よさを感じて顔を上げると、ちらほらと花が咲いていた。

（一分咲きといったところか。暖かいいい天気が続くと、あと六日か七日もすれば満開になるな）

裏木戸を開けたところで飯炊きや身の回りの世話をしている寅という婆さんと鉢合わせになった。小さな荷を背負って出かけるところだった。

「おや、お寅さん。お出かけですか」

「嫁が産気づきそうだから手伝いに来てくれ、と使いが来たのさ」

「芋田村まで二里（八キロ）か。気をつけて行きな」

芋田村は城下の南にある農村だ。

婆さんは、ひょいひょい、と跳ねるように歩いて行った。

裏木戸から勝手口までの二間（三・六メートル）ほどの路地に沿って植えている水仙が咲き乱れている。

水仙は香の好きな花だった。勝手口から庭に回る路地にも水仙が咲いていた。秋には、やはり香の好きな鶏頭の花が路地に沿って咲く。

庭の白梅は満開だった。どこからか鶯の鳴き声が聞こえてきた。

「姐さん、いますか」

台所に入り、声をかけると、香がうれしそうに飛んできた。

「ご無沙汰していました。きょうは白粉など――」

「ほんとうにご無沙汰だったねえ。この冬は寒くてしょうがなかったよ。いつ、温めに来るかと待っていたんだよ」

軽口を叩きながら足すすぎを持ってきた。

「足、洗ったら上がりな」

香は勝手口に心張り棒をかけた――。


三日後――。

途中、一泊して盛岡の城下に入った安兵衛は、まず山岸村に向かった。

十町（約一・一キロ）ほど真っ直ぐな道が続く下小路丁という通りを行く。武士が住む茅葺き屋根の家が並んでいる。

下小路丁を抜けると、山岸村だった。

生糸をつくっている農家を探した。城下の布団屋で買うよりも安く買えると思ったからだ。すぐに見つかった。

農家の親父も布団屋に売るよりも少し高く売れると踏んだのか、快く応じてくれた。

安兵衛には売りさばく心当たりがあり、頼まれた分の五倍の真綿を買った。

用が済んだら、すぐに城下に戻るつもりだったが、親父が引き止めて言った。

「近くに盛岡五山の筆頭寺院の永福寺がある。拝んで行くがいい。きっとご利益があるはずだ。ここから一町（約百九メートル）もない」

教わった通りに行くと、真言宗の宝珠盛岡山永福寺という古刹が見えてきた。五文字の山号は珍しい、と親父がいっていた。敷地は三万坪もあるとも話していた。

不来方城の艮（うしとら）（北東）の方角に建つ鬼門鎮護の寺だそうだが、安兵衛にはそういった難しいことは分からなかった。ただ歓喜天菩薩を拝んでいるうちに香に会いたくなった。

城下に戻り、履物屋を探した。肴町に平埜屋という下駄屋があった。

普通の雪駄は二、三百文（五千～七千五百円）ほどだが、南部表は倍近い値だった。これもすぐにさばけると思い、五足買った。五足も買ったためか、主人は三百文もまけてくれた。

安兵衛は南部表を木箱に仕舞いながら、初との約束を思い出して聞いた。

「七つの娘に土産にできる食べ物はありませんかね」

「近ごろ、豆銀糖という菓子が出ている。甘い菓子だよ。あれなら子どもが喜ぶ。日持ちがするし、かさも張らないから霞露への土産にはちょうどいい」

安兵衛は豆銀糖を売っている店の名を教えてもらい、平埜屋を出た。

三

安兵衛は霞露町に戻ると、まっすぐ千枚屋に行って頼まれた品物を届けた。内儀が礼を弾んでくれ、懐が温かくなった。

翌朝、安兵衛が椿橋のたもとの一本松に行くと、油売りの伊助が声をかけてきた。

「安。四、五日、見かけなかったが、どこに行っていたんだ」

「話していませんでしたか。盛岡に仕入れに行っていたんですよ」

「そういわれると、聞いたような気がする。近ごろ、物忘れがひどいな。年だな」

安兵衛は伊助に年を聞いた。

「延享五（一七四八）年生まれの四十一よ」

「五年前に死んだ親父は、延享三年生まれだったから二つ下だったんですね」

「そういえば、『二つしか違わないな』などといいながら、安吉さんと酒を飲んだこともあるな……。安、きょうはどっちを回る」

まだ決めていなかった。桜坂に行って香に歓喜天の話をしようか、大工町に行って初に豆銀糖を上げようか、と迷っていたが、結局徳三長屋に行くことにした。

三人の嬶たちが井戸端に顔をそろえていた。おしゃべりしながら、洗濯や水汲みに忙しい。

安兵衛が長屋の木戸をくぐったとき、初が水を汲んで水瓶に運ぼうとしているところだった。

「お初ちゃん、無理だよ。あとで小母さんが運んでやるよ」

「でも……」

「お初ちゃんはまだ小さいから水瓶に運ぶまでにかなり水をこぼしてしまうよ」

そこに顔を出した安兵衛を見て一番年かさの媼がいった。

「お初ちゃん、小間物屋の安さんが来たよ。約束の飴を持ってきてくれたのかねえ」

初の顔が輝いた。

背負い箱を乾いている地面に置きながら、安兵衛がいった。

「ちょっと遠くに行っていたので飴の替わりに豆銀糖という菓子を買ってきたぜ。あっしも食ってみたけど、うまかったぜ」

箱から経木を取り出した。経木を開けると、幅一寸（三センチ）、高さ五分（一・五センチ）、長さ五寸（十五センチ）ほどの緑がかった棒が出てきた。棒の表面は三分（九ミリ）刻みで切れ目が入っている。

安兵衛は、その切れ目から、ぽこん、と折ってひとかけらを初に手渡した。

「食べてごらん」

端を少しかじった初の顔がゆるんだ。

「うまい――」

今度は半分かじって口の中でゆっくりと味わっている。

初の口元と手元を交互に見つめていた媼にもひとかけらずつ勧めた。

あっという間に食い終わった媼たちも声をそろえた。

「うんめえ」

背中の幼子に食べさせた一番若い媼が聞いた。

「安さん、あとはないのかい」

「あっても、それは売り物だろうからくれる訳がないよ」

「だってさ、遊びから帰ってきた子どもにも一口食わせたいじゃないか」

「虫のいいこと、言わないの。第一、あんた、鋳掛屋に声をかけてもらった礼を言ってないだろ。礼も言わずに、まめ、まめ、まめきん……」

「豆銀糖――。一人に一本、上げますよ」

きのう、千枚屋の内儀からたっぷりと礼金をもらった安兵衛は、気が大きくなっていた。

「安さん、あとで高い白粉買って上げるよ」

「へい、待っていますよ。あとでが、いつか分からないけど、待っていますよ。お初ちゃん、おとっちゃんが帰ってきたら仲良く食べるんだよ」

安兵衛は木箱から四人に渡す豆銀糖を取り出した。木箱をのぞいていた嬶が南部表を見つけて聞いた。

「おや、ずいぶんきれいな雪駄だね」

「ああ、これですか。南部表という雪駄です。南部藩のご城下、盛岡で買ってきたんですよ。豆銀糖は盛岡の土産」

「高そうな雪駄だね」

「一足、五百文（一万二千五百円）」

「へえ、うちの宿六の一日の稼ぎが吹っ飛んでしまうね」

大工の手間賃は高く、霞露町でも一日四百文（一万円）は取るが、やはり南部表には手が出ない。

安兵衛が豆銀糖を手渡そうと、初の顔を見たら妙にこわばっている。

「お初ちゃん、どうかしたのかい」

「これ……。これ、あの男が履いていた」

「あの男って。おっかさんを殺した男かい」

初がうなずいた。

三人の嬶が顔を見合わせてから言った。

「大家に知らせなきゃ」

一番若い嬶が赤ん坊を背負ったまま走って行った。すぐに大家の徳三が息を切らしてやって来た。

「確かにこんな雪駄を履いていたんだね」

初は、こくり、とうなずいた。

初に念を押した大家が言った。

「自身番に行こう」

徳三は初の手を引いて歩き、その後ろから嬶三人と安兵衛がついて行った。


次の日、一本松に行った安兵衛は伊助を見つけると、きのうの徳三長屋での出来事を教えた。

「お初ちゃん、よく思い出したねえ。下手人が捕まるのも近いぜ」

伊助がきっぱりと言ったため、安兵衛は首をひねった。

「いいか、安。徳三長屋に出入りする職人は、ほとんどが草鞋（わらじ）履きだ。職人以外の大家や女、子どもは下駄履きだ。草鞋は二十四文（六百円）ぐらいだ。下駄は草鞋の倍以上するが、雪駄はもっと高い。それよりも高い南部表の雪駄を履いている男は、このご城下に何人もいないぜ。南部表を履いている男を一人一人調べて行くと、下手人にぶつかるはずだ」

「そうか……。そうですね」

「そうなんだが、ご城下にいる与力、同心、岡っ引きの数が少ないから下手人にたどり着くまでに時がかかりそうだ」

「せっかく、お初ちゃんが思い出したというのに、それじゃ下手人に逃げられてしまうかもしれない」

「そうよ。だが、おれたちがそうはさせない」

安兵衛はまた首をひねった。

「安、おれたちは毎日、どこで、何をしているんだ」

「毎日、ご城下で、商いを……」

「そうよ。みんな、ご城下を隅から隅まで歩いて商いをしている。ということは――」

「あっ、そうか」

「そういうことよ」

伊助は商いに出ようとしている連中を呼び集めて言った。

「大工町の殺しの下手人は、南部表の雪駄を履いている男だ。見かけたら自身番に行って知らせろ。きょうも南部表を履いているとは限らない。しかし、南部表を履くような奴は洒落者だ。そこに気をつけて、目を光らせろ。耳をそばだてろ。自身番に誰もいなかったら後であっしに教えてくれ」

棒天振りたちは、おう、と応じて城下に散った。

四

大の月の三月が終わり、きょうから小の月の四月（新暦五月六日）だ。

霞露岳の中腹にあった馬形の雪形も消え、黒っぽい地肌が広がってきた。

一本松の下で伊助が安兵衛に教えた。

「目星がついてきたぜ」

「本当ですか」

「芋田村の菊八という百姓だ。お育さんの幼なじみだ。ずっと思いを寄せていて何度も口説いたが、そのたびにふられたのさ。ふられた腹いせのように今度はお育さんをつけ回すようになった。もちろん、そんな菊八にお育さんがなびく訳がない。逆に、何とか菊八から逃れようと思っていたところに、用二の嫁に、という話が飛び込んできた。嫁に行けば、あきらめるだろうと思ったようだが、あきらめる男ではなかったのさ。用二の嫁に行ったのを裏切りと思い、殺す機会をうかがっていたようだ」

（お香姐さんのところのお寅さんも芋田村の人だ）

安兵衛はちょっと気になった。

「でも、嫁に行ったのは二年前ですよ。あきらめるのが普通ですよ」

「そうではなかったのよ。執念深い菊八にとって二年前は、きのう、おとといのようなものだ。この二年間、お育さんを恨み続けてきたのよ。聞けば、菊八は何年も前から百姓仕事を手伝いもしないで北泉道場に通っていたという話だ」

北泉道場は霞露町中小路にある。北泉流は北泉庚三郎が編み出した一刀流だ。霞露藩の若い藩士の半数近くが通っている。

（親父さんは、いつ、どこで調べたのだろうか。腕のいい岡っ引きでも、こう簡単に行かないのではないか）

「菊八はかなり熱心に稽古に励んだようだ。お育さんが一突きで殺されたのも分かる気がする。だから、安、気をつけろよ」

「えっ。どういうことですか」

「菊八は絶対に身元がばれないと思っていたはずだ。お初ちゃんは小さいから自分の姿を見たとしても覚えていないだろうし、覚えていても証を立てることができない、と踏んでいたのさ。そこに南部表というはっきりした物が出てきた。これはまずいと思った菊八が次に考えるのは、南部表を教えた奴を殺すことだ」

「まさか、親父さん……」

「まさか、じゃない。安、菊八はそういう男さ。恨みを晴らすために二年間、じっと待って支度してきた。支度が整ったと思ったら、しゃにむに突き進む奴だ」

安兵衛は血の気が引くような気がした。

首を横に振った。

「ここ二、三日、誰かに後をつけられた覚えはないか」

「安の長屋は八日町だったな」

安兵衛はうなずいた。

「念のため、しばらく八日町の長屋に戻らない方がいい。ああ、桜坂の姐さんのところも止めた方がいい。お香さんがさらわれたりすると、ことだぜ」

（親父さんは桜坂のことを知っていたのか。しかも名前まで……）

「四、五日、うちに来るがいい」


その晩、安兵衛は伊助の長屋に泊ったが、自分が狙われていると考えると、あまり眠れなかった。

翌日、安兵衛は伊助に言われた通り諏訪町などの武家町を歩いていた。

「くしー、かんざしー。おしろいに、べには、いかがですかー。化粧（けわい）道具も取りそろえておりまするー」

大きな売り声を上げて武家町の裏通りを行く。

ふた回り目に、見せておくれ、と声がかかった。

初めて入る屋敷だった。白粉や桜紙などを売って屋敷を出たとき、さっと身を隠す男の姿が安兵衛の目の端に映った。心の臓が躍った。

（親父さんが言っていた男か――）

気づかぬふりをして売り声を上げたが、少し震えている。

「くしー、かんざしー。おしろいに、べには、いかがですかー。化粧道具も取りそろえておりまするー」

男は半町（約五十五メートル）ほど後ろからついてくる。

（北泉道場で腕を上げた、だと……。冗談じゃない。こっちはからきし駄目だぜ。親父さん、どうしてくれるんだ）

半町が十間（十八メートル）ほどに詰まった感じだ。男の足音も聞こえるような気がする。ぺたぺた、という雪駄の音はしない。草鞋を履いているのかもしれない。

振り返りたいが、そうする訳にもいかない。

走って逃げたいが、四段重ねの木箱を担いだまま逃げると、すぐに追いつかれるに決まっている。

どうしよう、と思いながら、大きな声を張り上げた。

「くしー、かんざしー。おしろいに、べには、いかがですかー」

（どこかのお屋敷が声をかけてくれないか。かけてくれたら、半値、いや、ただでもいい……）

「化粧道具も取りそろえておりまするー」

十間先に四つ辻が見えた。

(あそこを右に曲がれば一本松の方角だ。曲がったら、走って逃げよう。荷は捨てる)

安兵衛は急ぎ足になった。

後をつけてくる男も急ぎ足になったようだ。

(五間(九メートル)に縮まったな。一気に走って来て刀を振るわれたら……)

心の臓が高鳴った。

(親父さん、もうおしまいだ)

観念して走り出そうとしたとき、辻の右から水売りの五助が現われた。

「みずー。つめたーい、みずは、いかがですかー。一杯、三文(七十五円)のあまーく、つめたーい、みず。あまーい、しらたまもいかがですかー」

大きな売り声を上げた五助は、安兵衛の脇を通り抜け、安兵衛の後ろをついてきた男に声をかけた。

「旦那、冷たい水、どうですか。額に汗が浮かんでいますよ。一杯、三文。二杯で五文(百二十五円)におまけしますよ」

ほっとして振り返ると、急ぎ足で逆戻りする男の後ろ姿が見えた。

着流しに、不似合いな草鞋履きだった。

五助がそばに来ていった。

「しっかりと男の顔を見たぜ。こずるい顔をしていた」

「五助さん、お陰で助かりました」

安兵衛は頭を下げた。脇の下を冷たい汗が流れた。

「安も逃げ出さずに囮(おとり)の役を果たしたな。ほれ」

五助は地面に置いた水桶から水を一杯汲んで安兵衛に差し出した。

「今ごろ、針売りの松蔵が菊八の後をつけているはずだ。うまくすれば、奴の住処(すみか)が分かるはずだ」

「五助さん、伊助さんは何者なんですか」

「さあな。おれが知っているのは油売りの伊助さんだ」

安兵衛は飲み終わった椀を返した。気が高ぶっていたため、飲んだ水が甘い水だったのか、ただの水だったのかも覚えていなかった。

夕方、安兵衛が一本松に行くと、伊助と五助と松蔵が顔をそろえていた。

松蔵は安兵衛の顔を見るなり詫びを言った。

「面目ねえ。巻かれてしまったよ」

伊助がかばった。

「しょうがないさ。松は岡っ引きと違ってつけ回しをしたことがないからな。ただ、こうなると、菊八の動きが変わってくるな」

五助と松蔵が相槌を打った。

安兵衛も伊助がいっていることが分かった。

「菊八は、あっしを後回しにして、お初ちゃんを……」

「そうよ。奴はお初を狙うはずだ。嬶と娘を失って嘆き悲しむ用二を見て陰で笑い、最後にお育を奪った用二を殺そうと思っている」

五助が口を挟んだ。

「今晩は、おとっちゃんがいるから大丈夫だろうが、問題はおとっちゃんが出かけた後の明日の朝以降だな」

「そうだ。で、どうする」

これといった妙案が浮かばなかったが、初を伊助の知り合いの侍に預けることにした。

五

翌朝、安兵衛は朝飯もそこそこに徳三長屋に行った。いつもの三人の嬶が井戸端で洗った茶碗を長屋に運び込むところだった。

「おはようございます。あれ、お初ちゃんは」

「さっき、見知らぬ小僧がやって来て、『お初ちゃんのおとっちゃんが仕事場で落ちて大けがして上小路の医師に運ばれた』といって迎えに来たところだよ」

「わたしたちも早くここを片付けて行こうと話していたのさ」

「しまった——」

「安さん、どうしたんだい」

「その小僧は、お育さんを殺した奴の使いだ」

「えーっ」

青くなった安兵衛が三人に聞いた。

「木戸を出た後、どっちに行ったか、覚えているか」

「上小路の医師と聞いたから、どっちに行ったかまで見ていないよ」

慌てふためいて通りに出ると、伊助と五助と松蔵が近寄って来た。

　安兵衛が、お初ちゃんが見知らぬ小僧に連れ出された、と教えると、きのう、菊八に巻かれた松蔵がすぐに動いた。

「あの野郎、どこまで汚い奴だ――。上小路だな。確かめてくる」

　五助も商売道具を置いて棒天振り仲間に知らせるために走って行った。

　残ったのは伊助一人だった。

「心配するな。仲間が見つけてくれる」

「へ、へい……」

「お育さんに続いてお初ちゃんを殺させやしねえよ」

「……」

「心配するな、といっても無理だろうが、ここは仲間の繋ぎを待とうじゃないか」

「へ、へい……」

　待ったが、繋ぎが来ない。

　じりじりして待っているうちに徳三長屋の嬶三人が上小路の方に急ぎ足で行った。

　四半刻（三十分）ほどしてから松蔵が戻ってきた。

「大工の用二は運ばれていませんぜ。多分、元気で稼いでいると思いますが、用二の仕事場を探して確かめてきます」

「頼むぜ」

　さらに一刻（二時間）が経った。五助が戻って来た。

「ひょっとして安のお得意さんの桜坂に行ったんでは、と思って行ったら、婆さんが出てきて『芋田村の菊八が見知らぬ子どもを連れて入り込んで来た』とわめいたんでさ。表戸から声をかけてみたら、『お初を助けたければ、小間物屋の安兵衛を呼んで来い。来ないと、お初も、ここの女もどうなるか分からない』とどなり返してきたんだ」

　後で知ったことだが、芋田村の菊八の家と寅の家は、半町（約五十五メートル）ほどしか離れていなかった。菊八はがきのころから寅の家に出入りし、寅の目をかすめて食い物や小銭を盗んでいた。二、三年前に城下でばったり会ったとき、寅が香という女の身の回りの世話をしている、よく小間物屋の安兵衛から化粧の品々を買っている、と聞いた。南部表の仕返しをしようと考えていたとき、寅の話を思い出したのだった。

執念深い菊八は、安兵衛をおびき出して殺すつもりで初を連れて押し入った。安兵衛の名前と住まいは、担ぎ屋の誰かに聞いて簡単につかんだそうだ。背丈が五尺五寸もある大柄な担ぎ屋は、一人しかいないからだ。

安兵衛は徳三長屋の大家に背負い箱を預けて桜坂に向かって走った。

伊助も油桶を預けて黒光りする天秤棒を持って続いた。


二人が桜坂に着くと、何人かの棒手振りが一軒家を見張っていた。

香の世話をしている寅を見つけた安兵衛が、どうなっているのか聞こうとした。これを制して伊助が聞いた。

「家の中にいるのは、菊八と見知らぬ女の子とお香さんかい」

寅はうなずいた。少し落ち着きを取り戻していた。

「菊八が小さな女の子を連れて飛び込んできて『小間物屋の安兵衛を呼べ。役人に知られないようにしろ。一刻以内に来ないと、この女を殺す。さらに四半刻待って安兵衛が来なければ、初を殺す』と。外に出たら、この人と会ったのさ」

寅は五助の顔を見た。

「まだ一刻は経っていないな」

伊助が棒手振り仲間に命じた。

「まだ経っていないけど、もうじき一刻になる」

「お役人が来たら、少し見守ってください、と頼んでくれ。役人が来たことを菊八に知られると、ますます気が高ぶって何をしでかすか分からないからな」

うなずいたのを見た後、五助と安兵衛に言った。

「五助、裏に回れ。入れたら忍び込め。安、行くぞ。大丈夫、心配するな」

そういわれても安兵衛の足が震えた。

「菊八。小間物屋の安兵衛だ。来たぞ」

安兵衛は落ち着いたつもりで大声を出したが、震えている。口の中がからからだ。

「入って来い。心張り棒はかけていない」

甲高い声だ。初めて聞く菊八の声だった。

安兵衛の後ろについている伊助がささやいた。

〈進め、安。この家を知っているだろう〉

安兵衛は小さくうなずいた。

表戸に手をかけて横に引いた。すうっ、と開いた。

〈声をかけろ〉

「来たぞ。お初ちゃんを返せ。姐さん、お香さんもだ」

半坪の三和土に立った。春の日差しがまぶしい外から入ったため、内は暗くて歩きにくい。目が慣れていないからだ。

上がって右に行くと居間だ。その奥は寝間だ。

左は台所だ。寅の寝間はその奥だ。二つの寝間の間には押入れがある。

妾と世話をする婆さんの二人が住んでいる家だから広くはない。菊八が潜む場所は限られている。まして初と香がいる。香の寝間に潜んでいるかもしれない。

三人の気配を感じ取ろうと、安兵衛は気を研ぎ澄ました。

〈声をかけろ〉

「菊八、いや菊八さん。小間物屋の安兵衛がこの通りやって来ましたよ。来れば、お初ちゃんとお香さんを解き放してくれるはず……」

居場所を知られたくないのか、返事がない。

「菊八さん、上がりますよ」

安兵衛は草鞋のまま上がり口に上がり、居間を向いて声をかけた。

「菊八さん。安兵衛がやって来まし――」

突然、台所の方から菊八が飛び出してきた。

「余計なことをしやがって。安兵衛、死ねー」

声を聞いて安兵衛が振り返ろうとしたとき、背中をどんと押された。障子にぶつかって居間の前の廊下に転がった。

倒れたまま肩越しに見ると、菊八が振りかざした脇差しを打ち下した。

（あー、斬られる――）

きーん。鋭い音がした。

伊助が差し出した天秤棒が菊八の脇差しをはねのけた。

伊助は上がり口に飛び上がり、菊八と安兵衛の間に立った。

伊助と菊八の距離は一間（一・八メートル）しかない。

腕に覚えがあるのか、菊八が上から激しく攻めたてる。だが、伊助は棒を両手で差し上げて難なくかわしている。

安兵衛が見ていると、菊八の顔つきが変わってきた。最初の一太刀を浴びせたときはすぐに仕留めてやるという目つきだったが、その目に焦りの色が浮かんでいた。

「お前は誰だ」

「あっしか。あっしは油売りの伊助」

「油売りごときが、このおれに勝てると思っているのか」

「さあ、どうかな。やってみないと分からないぜ」

「おれは北泉道場でも師範代にも負けなかった男だ」

「あっしも油桶を担ぐ六尺棒を結構遣いますぜ」

「何だと――」

「しかも、この棒は硬く、折れない鉄木(てつぼく)でさ。菊八、お前の骨を砕くのも造作がない」

「何を抜かしやがる。棒術遣いと試合をしたことがあるが、負けたことがない」

伊助が油売りと口にしたとたん、安兵衛には菊八の目の色が変わったように思えた。

(菊八の目から焦りが消え、驕りが浮かんだ――)

菊八の脇差しは、せいぜい一尺七寸(五十一センチ)ほどか。

得物の長さでは、六尺棒(一・八メートル)を持つ伊助が有利だ。

だが、北泉道場で鍛えられたという誇りからか、菊八は伊助を舐めてかかっていた。中段に構えていた脇差しを、すうっ、と上げた。

伊助は左足を前にして棒を突き出していたが、菊八が上段の構えに変えたのを見て棒を一尺(三十センチ)引いた。

誘いに乗った菊八は、一瞬で一歩右に動いた。

半身に構えていた伊助の左側に移動したため、視界が一瞬狭くなった。

それを読み、菊八はすかさず鋭く振り下した。脇差しが、びゅん、とうなった。

視界の狭い伊助の左肩の方から二の太刀、三の太刀と斬りつけてきたが、天秤棒で受け流した。

「この野郎」

叫びながら振り下した四の太刀もかわし、左足を軸に体を半回転して鉄木を素早く、つん、と突き出した。

難なく菊八の顎をとらえた。菊八が思い切り踏み出した分、衝撃が大きく、もんどり打って倒れて気を失った。

それを見て安兵衛が立ち上がり、伊助のそばに寄った。

「安、よくやった」

こう言った後、伊助が奥に声をかけた。

「五助、こっちは片付いた。そっちはどうだ」

「今、縄を解いているところでさ」

安兵衛が五助の声がした台所に行くと、猿ぐつわを解かれた初と香がいた。

五助が初の縄を解いているところだった。

初は、安兵衛の顔を見てほっとしたのか、大声を上げて泣き出した。

「お初ちゃん、もう大丈夫だ。心配ないよ」

こういって初の頭を撫でた。

「安、姐さんの縄を解いてやりな」

五助に促されて香の縄を解いた。

「安さん、怖かった――」

香が安兵衛に抱きついた。

安兵衛は初も抱き寄せ、三人で声を上げて泣いた。

外に出ると、用二が飛んできた。初を抱きしめ、涙を流しながら言った。

「無事でよかった。よかった……。初に、もしものことがあれば、おとっちゃんは……、おとっちゃんは……」

あとは言葉にならなかった。

大家も三人の嬶も父子を囲んで泣き、笑った。

役人に菊八を引き渡した伊助は、用二や大家とともに奉行所に行った。

やがて安兵衛は、初の手を引いて歩き始めた。

桜坂の桜並木に通りかかると、足を止めて桜を見上げた。

春風が、ふうっ、と吹き抜けた。

花びらが、はらはら、と散った――。

盛岡に行く往来手形を頼んだ後、ここを通ったときは一分咲きだったが、いまは散り始めていた。

「桜、終わったね」

安兵衛が上げた櫛を挿した初の黒髪に花びらが乗った。

「うん」

相槌を打った後、胸の裡でつぶやいた。

(今年の春は、花を見ないうちに終わったな……)

初が残念そうに言った。

「花を見ながら、まめ、まめぎん……」

「豆銀糖」

「そう。花を見ながら、豆銀糖、食べたかったね」

「うん。来年、そうしよう」

「豆銀糖、来年まで取っておくの」

「心配しなくていいよ。来年、また買って上げるよ」

「よかったー。おとっちゃんも一緒に、ね」

「もちろんさ」

香の顔が浮かんだ。

(お香姐さんも一緒だったらいいいな)

安兵衛は、初の手を取り、また歩き始めた——。


(了)

essay

# 庵のような喫茶店

柚木藍
Yuzuki Ai

仙台に「売茶翁（ばいさおう）」という喫茶店がある。

創業は終戦から二年目の一九四七年。

そこを初めて訪れたのは大学生のころだから、開店から八年後という計算になる。

路面電車の環状線内は終戦の一か月前の仙台空爆（七月十日）で火の海だったと聞いていた。この古い日本家屋は戦災を免れたのであろう、環状線の西側にへばりつくように建っていた。

門を入ると石畳の小路に導かれる。古い引き戸を開けると菓子のショーケースがあり、その横に靴を脱いで上がる。障子と襖に囲まれた畳の部屋には三、四個の古い机と座布団。膝を折るとそぞろ清廉な気持ちになった。

煎茶と小さい和菓子が運ばれてくる。

西洋風喫茶店が流行り始めたころのこと。

和室で静かにお茶を頂けるこの店の渋い佇まいや風流な店名は、当時の若い心に印象深く刻みこまれたのだった。

昨年、伊藤若冲生誕三百年記念特集がテレビで放映された。その中で、伊藤若冲の絵の良き理解者が売茶翁と知って驚いた。

売茶翁（1675～1763年）は佐賀の生まれである。僧になったが還暦後に京に出て万福寺の和尚を務めながら、京都の大通りに通仙亭という喫茶店のような質素な席を設けた。

寺の世俗化、茶道とは贅沢な、との批判はあったようだが、売茶翁は来客を煎茶でもてなしながら人の道を説いた。

また、若冲の作品を大層高く評価し、

「若冲の絵は神の仕業である」

と褒め称えた。

一方の若冲は、京都の青物問屋の跡取りでありながら商売には関心がなく、四十才で隠居して絵だけに専念していた。売茶翁よりかなり若かったが、お互いに相通ずるものがあったのだろう、才能を認め高め合ったという。

動植物しか描かなかった若冲が、売茶翁の肖像画だけは残している。いかに売茶翁を慕っていたかが分かるというものだ。

二百五十年前の売茶翁と若冲。互いの能力や才知を容認し、磨き合った静かで熱い交流が今の私に感動をもたらすのは、戦後の売茶翁の意気を胸に留めた日があったからだろう。

敗戦後の仙台の焼け跡で茶店を始めた売茶翁。事業を興すというより、心身ともに荒んでいるだろう人々に、まずはお茶をどうぞ、の意味を持つ「喫茶去（きっさこ）」（禅語）の「分け隔てない優しさ」が感じられてならない。

戦後、欧米化の波が押し寄せ、ジャズだ、ロカビリだと世の中全体がそちらを見ていたころ、この店の存在は、慎ましやかな日本の美、本来の日本の姿にも目を向け慈しんで欲しい、との願いもあったに違いない。

茶でも絵でも芯が一本通っていれば、神業的な不変な真理をそこはかとなく漂わせ、人を惹きつける力を持っている。

売茶翁は、今日も変わらず林立するビルの下で昔ながらの営みを続けている。


（盛岡市）

さし絵　須藤愛里沙

essay

# ありがとうの歌

太田代　公
*Otashiro　Kou*

隣席から紙筒が転がってきた。首をかしげるとキヨさんが利き手にしている左手を「お願い」の形にして頭を下げた。

手紙かな、と思い広げて読んだ。

キヨさんは右半身障害で日常生活を左半身でこなしている。杖にすがって歩く姿は痛々しいが、いつでも何にでも挑戦する頼もしい女性である。紙には、お世話になっている施設へのお礼の言葉が詩となって綴られていた。終りに、

「替え歌でも何でもいいです。節っこつけてください、冥土への土産にしたいので。一生のお願いです」

とあった。

私達は北上市の縄文遺跡の丘に建つ特別養護老人施設「八天の里」と併設の介護施設でお世話になっている。今日も三十人ほどの通所利用者たちが、一日のスケジュールに合わせて和やかに過ごしていた。

彼女とは、週に一度ここで合うようになって三年になる。障害度は異なるが、同年齢で共通の話題もあり惹かれ合う仲である。といってこんな大役を受けるわけにはいかない。

「無理だす。私にはそんな能力ないもの」

「おら、こごのお蔭で元気になれだのス。ありがとうの気持届げだくてス、書いで

みだれば節っこつけられだらなんぼえがべど思って」

紙を返せば戻って来る。また戻せばまた転がって来る。ついに私は根負けした。

二週間ほど過ぎた訪問診療の日。

「八天の里の歌を作ってくれているんだってね。ありがとう」

主治医であり理事長でもある先生の言葉に驚いた。

私と彼女の秘密のはずが他に漏れていたとは。

いい加減では済まされない焦りで、先生への返答が乱れてしまった。

思い起こせば現役のころ、職務柄音楽に関わり、作曲まがいのこともしたりした。が、人前で発表できるほどの曲は何一つない。なのに、彼女は自分の詩が歌になる嬉しさそのままを事務所に報告したようだ。

行きがかりから、軽い気持ちで並べただけの音符が心の中で慌てふためく。

窮地に立った私を救ってくれたのは、ボランティアで知り合った長岡さんだった。早速曲を見て下さり、音域が狭くなっている高齢者に優しい歌いやすい曲へと導いてくれた。また、練習会では直接指導もして下さった。職員の方々も、可能な限りの協力は惜しまない、と練習時間の設定や歌への参加も快く受けてくれた。

思いがけないきっかけから生まれた「ありがとうの歌」。

ステージ発表の機会などあろうはずはないが、何年ぶりかで音符と逢えた幸せをキヨさんが授けてくれたのは確かだ。

「春の訪れ待ちわびて、今日も行きます八天の里‥‥」

ご機嫌なキヨさんの笑顔を思い浮かべてメロディを口ずさむと、胸に温かい風が吹く。ありがとうの歌は、今や私の歌ともなって縄文の丘を緩やかに流れている。


（北上市）

さし絵　須藤愛里沙

essay

# 十三才の私

田村 睦子
*Tamura Mutuko*

中学二年の新学期。

父の仕事の都合で初めて転校をした。

楽しいことが待っているかも、と心を弾ませていたが、二年三組の担任から紹介を受け教卓の横に立った私は、消え入るような声で、

「よろしくお願いします」

と挨拶するのが精一杯だった。

制服だった大船渡に比べ、自由な服装の盛岡の中学校は都会的である。授業は班体制で机を合わせて着席する。班長、副班長が転校生の私に、授業に必要な教材や移動教室など学校生活の手ほどきをしてくれた。

全校生徒は千六百名。一学年十クラスのマンモス校である。休み時間に三組の廊下から視線を右に向けると、一番奥の十組の生徒がかすんで見えた。校舎は新しかったが、体育館は木造のままで全校生徒は収容しきれない。体育祭は三年に一度校庭で催された。組分けは赤組や白組はなく、青や緑など四つで、すんなり馴染むことが出来なかった。

大船渡の幼なじみの京子ちゃんからの手紙には写真が同封されてくる。運動会だろうか。白シャツにトレパン姿で仲良し三人が笑顔で写っている。返事を書いても送る写真がない。いつしか、故郷の母校から遠退くようになった。

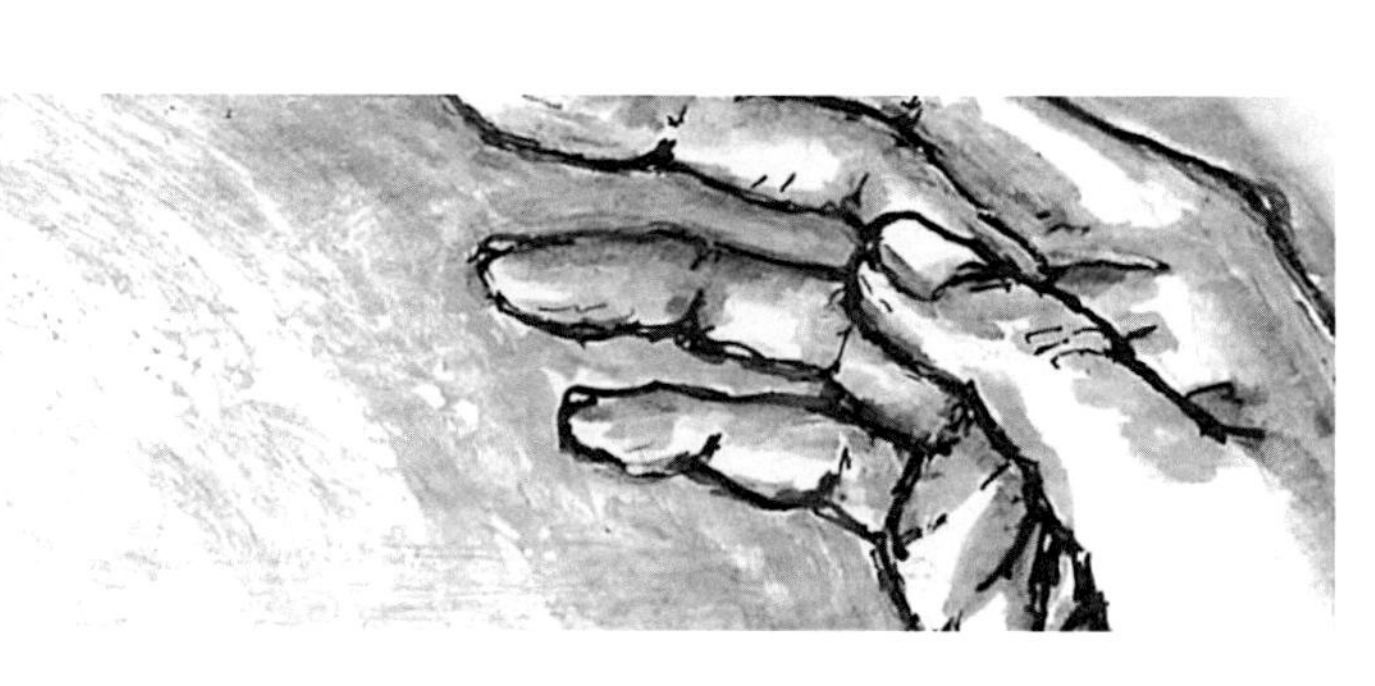

その分、独唱のクラス代表になったり、三年生を送る会で寸劇に出演したりと、私なりに新しい中学校の一人になろうと必死だった。そうそう、夏休み明けの校内マラソンでは練習の成果か七位に入ったこともある。

もちろん、転校生は私だけではない。卒業するまで数人がクラスに入ってきた。転校生が女子の場合は案内役を買って出た。だが一カ月も経つと、転校生に気の合った友人が出来る。その都度、先輩転校生としての使命を終え、私はそっと一人に戻った。

後に残る寂しさ‥‥はほんの少し、それより彼女たちがクラスに溶け込む姿に、自分の行いが認められたような大きな充実感を得た。また、人のための行動はその後の自分の活力になるといつしか学んでいた。

一年が過ぎ、高校受験を控える三学年に進級する。クラス全体が模擬試験や塾、と一斉に受験体制に入っていく。志望校が同じ生徒と共通の目的を持った友達関係が自然に構築されていく。平等に訪れた大きな受験の波に乗って、高校へとふわり羽ばたいた。

進学、就職、結婚、子育て。

何度も初めての地に足を下ろし、歩いては止まり、走り、時には助走して飛んだ。

今、気付く。

その時時が、人生で一番長く感じられた中学二年の自分と二人三脚だった、と。

今年は高齢者の仲間入りをした。これから、走ったり飛んだりできはしないだろう。だが、この区切りを好機ととらえ、十三才のショートカットの私の頭を、ありがとう、と撫でたい。また二人で足並みを揃えて歩いて行きたいから。

（八幡平市）

さし絵　須藤愛里沙

【小説】

# あの夏に乾杯

東森りつ
*Higashimori Ritsu*

さし絵　杉本さやか
*Sugimoto Sayaka*

九月の最終金曜日。プロ野球のレギュラーシーズンが終わろうとしていた。

ほら、来た。やっぱりだ。

「おお、三浦。待ってたぞ」

定食屋『おふくろ亭』の引き戸を開けて中を覗き込んだ三浦藍人(あいと)に、坂崎涼介は軽く手を挙げた。

亮介にとって毎日の一番の関心ごとは、プロ野球ジャッカルズの勝敗だ。が、今日は違った。

ひょっとして……、もしかして……、いやあ、そんなバカな。

高まる期待と、それを戒める冷めた理性がせめぎ合うのを感じながら過ごした一日だった。

　亮介は今日、ずっとついていた。朝出勤前に自動販売機でコーヒーを買ったら当たりのランプが光った。二本目の缶を取ったとき、右足の先に五十円玉が落ちているのを発見した。ざっと三十社ほどの取引先に出さなければならない郵便物は、明日の消印でも良かったのだが、うまい具合に先輩社員の協力を得て午前中に用意できた。ランチのスパゲティ・セットに今日はコロッケがサービスでついていた……。

　今日の俺は、無敵だ。

　夜十時を回っている。残業を回避できなかったのはアンラッキーだったが、おかげでこの時間に『おふくろ亭』で食べている。なんとなく藍人に会えるのではないかという気がしていたのだ。

　一瞬目が合った藍人はしまった、という表情を浮かべたが、亮介は気にしなかった。今日は誰かに話さずにはいられない。

　それに、なんと言ってもジャッカルズだ。勝てばジャッカルズのクライマックスシリーズ進出が決まるんだ。喜びは誰かと分かち合いたい。たとえ野球に興味がない藍人でも。

「わぁ、唐揚げ。うまそう」

　藍人は亮介の座るテーブルに近づくなり、嬉しそうに言った。よほど腹が減っているらしい。

「やらんぞ。俺だってやっと飯なんだ」

　藍人の強引な所業を予想して、亮介は先制する。

「けち。あ、俺、サバ定食」

　藍人は割烹着姿のおばさんに注文して向かいの席に座った。

　半年ほど前に再会した藍人は高校時代の同級生で、時々この定食屋『おふくろ亭』で一緒になる。髪は黄色く痩せ型で大きな目が印象的な藍人は、学生時代の印象とあまり変わらない。一見していかにもサラリーマン風な亮介とは異質だ。

　なんの仕事をしているのかは聞きそびれている。この店で会えば一緒に飯を食べ、取り立ててどうということもない話をして別れる。

　初めて暮らす町に知った顔があるのは心強いが、残念ながら昔も今も親友と呼べるような間柄ではない。むしろ、どちらかと言うと堅物な亮介は、藍人にとってけむったい存在だろうと自覚していた。

「で、俺を待っていたって？」

「そうそう。報告があるんだ」

亮介はにこにこした。

「俺、結婚する」

「……ふうん」

「ありゃ」

亮介の箸から煮物の里芋が落ち、藍人の目の前まで転がった。

「ラッキー」

すかさずつまんで藍人は自分の口に入れた。

「おい。俺のだぞ」

亮介が口を尖らす。

「里芋に名前が書いてあるわけじゃないだろ。ダイエットに協力してやったんだ。で、誰と結婚するんだよ」

十代のころからぽっちゃり体形の亮介は、よく体形をネタにからかわれる。

「えっへへ……いやあ。運命の人だよ。お前には特別に教えてやる。笑うなよ。鷹觜真琴（たかのはしまこと）だ」

「なにっ」

「鷹觜真琴。ほら、今出てくる」

テレビからエレキギターの重厚な音楽が短く流れた。

夜十時半。ニュース番組のスポーツコーナーの時間だ。

「まずは、今日のプロ野球の結果です」

藍人はテレビと亮介を見比べて絶句した。大きな目を見開いている。

意外だ。だいたい藍人は軽い男で、大抵のことは深刻に受け止めないのだ。

「お、試合が再開してる。雨で中断してたんだ。まだやっと八回か。すごいぜ、六点差だったのを一点差まで追いついたんだ」

とりあえず、気になるのはジャッカルズの試合経過だ。

「えー、さっきの話だけど、俺、聞き間違ってないよね。こいつと結婚するって言った？」

平静を装った藍人が聞いてきた。

「ああごめん、訂正する。正しくは、真琴ちゃんが運命の人だってわかった、と言うべきだった」

「じゃあさ、本決まりになったら教えてくれ。結婚式に出席してやる」

ほっとしたようすで、藍人は運ばれてきたサバ定食を食べ始めた。

「近いうちに必ずそうなる。約束するよ」

亮介は真顔で断言した。

「ほう、ずいぶん自信があるんだな」

「ああ。ジャッカルズのクライマックスシリーズ進出ぐらい自信があるよ。今日の試合に勝てば決まりだ」

「負けてるんだろう？」

「今同点になった。きっと逆転するぞ。もし、日本シリーズに進んだら上出来だ。ああ、万年Cクラスだったチームが、日本一になるんだ」

宙を見上げ亮介は上ずった声を出した。

「なんでもうクライマックスも日本シリーズも制覇しているんだよ」

「首位のサーベルスの筒江はホームラン二十六本……」

テレビでは真琴が、既に順位が決まっている別のリーグのタイトル争いを説明している。

「真琴ちゃんはいいなあ。美人で賢そうで野球好き。同い年だし、どう考えてもぴったりだ。俺たちと同じ県の出身でしょ。鷹背ってややこしい漢字だよね。芸名かな？」

「本名。父親が岩手出身なんだ」

「ふうん。岩手に多い名前なの？　詳しいなあ」

亮介は藍人の顔をまじまじと見た。「お前も彼女のファン？」

「違うよ」

「俺も経歴ぐらいは知ってるよ。清桜女子高校から清桜女子大学ソフトボール部。大学卒業後、スポーツ情報雑誌のライターになって、やがてテレビのスポーツキャスターに抜擢」

「なんだそりゃ」

「気に入らないな。とんとん拍子でさ」

藍人の不服気な言い方に、亮介はむっとした。

「実は、視聴者の皆さまにご報告があります」

テレビの中の真琴が口調を改めた。

「この度、婚約いたしました。番組への出演は今日で最後になります。二年間、どうもありがとうございました」

「は？」

亮介のにやにやしていた顔が固まった。藍人もサバをつついていた箸を止める。

「ジャッカルズのマイク・レーン選手とご婚約なんですよね。おめでとうございます」

真琴の隣に座っている中年の男性キャスターが祝いの言葉を言った。ありがとうございます、と小声で答える真琴は耳まで真っ赤だ。

「えー！」

気がつくと大声で叫んでいた。店中の人の視線が飛んで来る。

「うっそお。うそ。うそー！」

「おい、坂崎。お前、ただでさえ声がでかいのに。やめろ」

「……飲むぞ。飲まずにはやってられん」

怒りに近い絶望感が、今日一日のつきを台無しにしたような気がする。

「そうか、酒か」

「付き合えよ。あ、でも、お前って酒飲めないんだっけか」

いかにも酒好きそうな外見に反し、藍人は酒が飲めないらしい。

「いや、俺も飲みたい。……祝わなきゃ」

「祝う？　なにを？　俺、失恋したんだけど」

亮介は、眼鏡の奥の小さな目をぱちくりさせた。

二人でまず、ビールの大びんを一本飲み、燗酒を二合頼んだ。藍人は一杯めのビールで顔が真っ赤になった。

「ったく。無理するな。全然うれしくなさそうだけど、いったいなんの祝いなんだ？」

「妹が結婚するらしい」

「へえ、そうなのか、おめでとう。妹さんがいるなんて知らなかった」

「中学のころ両親が離婚して、ずっと離れて暮らしていたんだ」

藍人のお猪口の二杯目がようやく空になった。

「ふうん。お前、顔が青いぞ。大丈夫？」

「う、うん。ちょっと具合悪い。……やばいかも」

藍人は下を向き、テーブルについた両手でおでこを支えた。

「なんか、ドキドキする」

「おい！」

「……マイク・レーンってどんな選手だ？」

藍人が弱々しい声で訊いてくる。

「アメリカ人で母親は日本人。中継ぎ投手として抜群の安定感。すい星のごとく現れたジャッカルズの救世主だよ」

「何歳？　年俸どのぐらい？」

「自分で調べろよ。そんなことより、具合悪いんだろ？　帰ろう」

がくっ。おでこを支えていた手が外れ、藍人はテーブルに突っ伏した。

「しょうがないな」

二人分の勘定を払い、藍人に肩を貸して亮介は店を出た。月の明るい夜だ。冷たい風が頬に当たる。

「とりあえず、俺の部屋の方が近いからさ、ご招待するよ。無茶な奴だ。飲めないくせに」

「……」

「聞こえてないのか？」

「……」

「もしかしてさ、……もしかしてだけど」

店を出てからずっと気になっていた。祝い酒のきっかけが。

結婚する妹って、まさか真琴ちゃんなのか？　っていうことは、三浦は俺より年上なのか？　そうだったっけ？

訊けない。この想像は、真琴と自分との結婚と同じくらい突拍子がなさすぎる。

あれ？　これと同じような状況が前にもあったような気がする。

こんなふうに誰かを支えて歩いたこと。ああ、そう言えば。

「覚えているか？　柔道部に無理に誘われて先輩にのされただろう？　一年のとき」

高校に入学して間もないころ、柔道部の体験入部に誘われ、先輩にこてんぱんにのされた。その時はまだ互いに名前も知らなかった。

「ひどい部だったよな。無理矢理素人を連れて来てのしてしまうんだから。あのとき、三浦のことを面白い奴だと思ったんだ」

有段者を相手にするのは不利だったので、先輩たちにはハンデを付けてくださいと藍人が言った。生意気だ、と反感を買い、藍人は黒帯の三年生と立ち会った。まずいことに、見事な背負い投げを決めてしまった。後で聞いたら、中学の体育の授業で教わった技をやってみたそうだ。けしからん、と乱闘状態になってしまい、亮介も巻き添えをくった。

「あきれたことにさ、お前はあのあと、柔道部に入部したんだよな」

おそらく運動部の中では柔道部が最も楽だと噂されていたからだろう。藍人は典型的な幽霊部員だった。校外の悪友ができ、学校も欠席がち。そのために教師から目の敵にされていて、いつも追試や特別課題に追われていた。

「二年になって三浦と同じクラスになったとき、結構うれしかった」

自分と正反対の藍人にちょっと憧れていたと思う。

「学校にほとんど来てないくせに、体育祭や文化祭では頼りになってさ。お得っていうか、いいとこ取りっていうか。でも、それが格好よかった」

「……」

藍人がクスっと笑った。返事はないがちゃんと話を聞いているらしい。

「ついでにいうと、お前が無事に卒業できたのは、俺が課題を手伝ったお陰だったよな」

んだな、と藍人は苦笑交じりに応じた。

亮介の部屋はアパートの三階にある。階段を上らせるのは大変かと思ったが、藍人もだいぶ回復してきていた。

「……悪いな」

ラグマットを敷いてローテーブルを置いただけの部屋だ。入るなり、藍人は亮介の特等席である大きな座椅子に倒れ込んだ。

「ほら、飲めよ」

亮介は水を入れたコップを藍人の前に置いた。

「うまーい。これ、何?」

「ただの水道水。冷蔵庫に入れておいただけ。気分はどうだ?」

「ちょっと頭痛があるかも。ま、元々飲んだ酒の量が少ないからすぐ醒める。アイスないか？」

「ないよ。図々しい奴だな。発泡酒はある。飲むか？」

　藍人は苦笑いして首を振った。

「俺は飲むぞ。まだ酔いたりない」

　その前に、と亮介はスマートフォンを取り出した。

「あ、延長してる。一点リード、十一回裏。マイク・レーンが十回に投げて無失点」

「良かったな。勝つかも」

「当たり前よ。あれ？　……うそ、そんな」

　亮介が顔を曇らせる。

「なんだ、負けたのか」

「おかしいなあ。スリーランを打たれてサヨナラ負け」

　亮介は首をひねり、発泡酒とおつまみを持ってきた。座椅子を藍人が使っているので、床にじかに座る。

「まあ、明日、あさって勝てば問題ない」

「楽天的だね。坂崎って、強いんだかアホなんだか。よくそう自分に都合よく解釈できるな」

「ポジティブ思考って言ってくれ」

　トイレ借りるぞ、と藍人が立ち上がった。

「おっ。ジャッカルズ。こんなところまで」

　トイレから驚く声が聞こえた。戸の内側に、ジャッカルズのカレンダーが貼ってあるのだ。

「世話になったな。帰るよ」

　トイレを出た藍人は亮介に声をかけて玄関に行きかけた。

「まあ、待て。泊まって行けよ」

「十分も歩けば家に着くんだが」

　ま、いっか、と藍人はまた居間に戻った。当然のような顔をして座椅子でくつろぐ。

「なんでそんなに野球が好きなんだ？」

「好きなものに理由はないよ。あ、強いて言えばさ、甲子園だ」

「タイガースか？」

「違うよ。小学三年生のとき、親父の母校が甲子園に出場したっていうので、俺も応援に連れて行ってもらったんだ」

「へぇ。勝ったの？」

「一回戦負け。ホームランで先制したんだけど。そのとき打ったのが島谷孝。社会人野球を経てジャッカルズに入団した」

「誰？」

「知らないの？　ホントに野球オンチだな。今年二千本安打を達成したんだぜ。」

「ふうん。じゃあさ、なんで真琴を運命の人だって思ったわけ？」

「そうだ。それを話したかったんだ。まあ、今となっては滑稽な勘違いってことなんだけど。……ちょっと恥ずかしいな」

発泡酒をぐいっと飲み、亮介は決心がついた。よし、と立ち上がって寝室にものを取りに行った。

「これだよ」

藍人に渡したのは軟式野球用のゴムのボールだ。

「？」

藍人は不思議そうに眺めていたが、表面に書かれている文字に目を止め、ハッとした表情になった。

「ＭＡＫＯＴＯって書いてあるだろ？　いや、実はちょっと因縁があるシロモノなんだよ」

こんな話を誰も本気にしてくれるはずはないとは思うが、亮介は話した。

実家の祖父はガラス店を営んでいて、住宅に窓やガラス戸を設置する工事を請け負っていた。ガラスを運ぶ軽トラックの荷台に、ある日どこからか飛んできたらしいゴムボールが入っていた。

「それがこのボール。名前が書いてあっても、誰のものかさっぱりわからない」

誰かのボールという後ろめたさはあったが、そのままそれを自分のものにして遊んでいた。いつどこでなくしたのかは分からない。もしかすると、沿岸のいとこの家だったかもしれない。

「小学生の時のことだ。ほとんど忘れていた。それが、大人になって思いがけないところで再会した」

「どこで？」

「サンディエゴ」

「え？」

「俺、就職して二年目に会社で嫌なことがあって、しばらくアメリカに行ったんだよね。辞表を出していたし、会社は辞めたつもりだった」

東北の震災から三年になろうかという頃だった。大津波は海外へいろいろなものを運んだ。

「海岸で拾ったんだ。Aの書き方に特徴があるから、これが子どものころ持っていたボールだと思う。MAKOTOの文字を見て、大事なのは誠だと思った。誠実でいれば、たとえ失敗しても自分を嫌いにならずにいられる」

「おやおや、一体会社で何があった？」

「うーん。かいつまむよ。発注ミスで、大口取引先への納品が大幅に遅れて、契約を切られそうになった。係長がその責任を俺にかぶせた。で、辞表を提出」

「ずいぶん簡単に辞めるんだな。会社員は」

藍人のぎょろ目に力が戻ってきた。

「下戸のヤンキーに言われたくないぜ」

「勘違いするな。俺はまっとうに働いているさ。こう見えても」

まっとうにもいろいろあるからな、と亮介はつぶやいた。

「このボールを拾ったら、その日のうちに会社から電話があった。係長の使い込みが発覚、発注ミスも白状した。辞表を撤回しないか、ってさ」

「ほう、逆転ホームラン」

「以来、こいつはお守り。さて、ここからが本番」

立ち上がった亮介は、発泡酒の追加を取りに行き、藍人にはペットボトル入りのジンジャーエールを持ってきた。テーブルの下を覗いて雑誌を一冊取り出す。

「『スタジアム』の今月号」

亮介は雑誌を開いて藍人に渡した。

マイク・レーンの顔写真が大きく載っている。マイクへのインタビューをまとめた特集記事で、筆者は鷹鴜真琴。

記事はマイクの生い立ちを中心に構成されている。〈きっかけは幼なじみ〉という見出しがついた段落に、古ぼけたゴムボールの写真が添えられている。

子どものころ、マイク・レーンが母の故郷の日本に遊びに来ていたとき、偶然知り合った少女とキャッチボールをした。東北地方の海辺のキャンプ場だった。

「……そんなバカな！」

少女とその家族が急に帰ってしまい、子供用のおもちゃのグローブとゴムボールがマイクの手に残された。グローブはすぐ壊れ捨ててしまったけど、ボールはなくさずに取って置いた。もし持ち主の少女に再会したら返したいと思っていた。

自分の記憶との一致から、マイクは自分の幼なじみである、と真琴は驚愕しながら伝えている。

写真のゴムボールには文字が書かれていた。薄くてはっきりしていないが、『A』はなんとか読める。

「そのAの文字が特徴的だろ？　こっちのボールの文字と似ている。つまり、俺はこのボールも真琴ちゃんのものじゃないかと思ったんだ」

「……うそ」

藍人の声はかすれていた。大きな目がいっそう見開かれている。

「だから、このボールが俺のところに帰って来たのは運命なんだ。彼女と結ばれると信じたって、無理ないだろ。でも、残念ながら、赤い糸の端っこを持っていたのは俺じゃなかったってわけ」

ポジティブ思考がモットーの亮介もさすがに落ち込んでいた。

「俺、つくづくアホだったなあ。言われる前に言うけど」

亮介の言葉を聞いているのか、いないのか、藍人は真剣に雑誌に見入っている。

「なんだ、これは！」

記事の最終ページをめくった藍人が驚きの声をあげた。

二家族がキャンプ場で一緒に撮った写真が載っている。亮介も興味深く見た。アメリカ人の父親と日本人の母親、マイクとその姉、真琴の両親、真琴、そっぽを向いている男の子がもう一人。

「キャシーだ。お姉ちゃんの名まえ。キャシーと……マーク」

「なに？」

「キャンプに行ったのは小学校三年生の夏休みだ」

「三浦、お前……まさか本当に真琴ちゃんの兄貴なのか？」

「写真のボールにはＡＩＴＯって書いてあるんだ。『A』の隣にうっすら線が見えるだろう。Ｋの縦線じゃなくてＩ。つまりこれは俺のボール」

藍人が、真琴の記事を補った。

隣のテントの家族と知り合い、楽しい一夜を過ごした。男の子は二歳下の七歳。姉は中学生ぐらいで大人びていた。翌日、真琴と藍人と男の子でキャッチボールをして遊んだが、グローブは二つしかなく、交代ではめた。しばらくすると、真琴と男の子が仲良くなり、藍人は二人から離れて携帯ゲーム機に夢中になった。両親は何かがきっかけで言い争い、口をきかないまま帰り支度を始めた。

「あれが幸せな家族旅行の最後の記憶かもしれない。途中までは」

「じゃ、この写真のそっぽを向いてるひねくれ者が、お前？」

藍人はぽりぽりと頭を掻いた。

「そんなに似てないか？　俺たち双子なんだけど」

「双子？　ええっ！」

「あ、二卵性ね」

「愛と誠？　ぷっ」

亮介は吹き出して大笑いした。

「両親が離婚したとき、あいつはおやじの姓になって、俺はお袋の方になったんだ」

「なんで今まで言わなかった？　だって、高校時代も聞いたことねえぞ」

「あのころは別れたばっかりで、むしろ真琴のことは考えないようにしていた。あいつはソフトボールの特待生でいい学校に入ってさ。なんか、差をつけられたような気がして」

「はーん。それでやんちゃ坊主になったってわけ」

「もともと俺はいい子じゃなかった。真琴のことも、泣かせてばかりだった。きっと、相当恨まれてるよ」

「真琴ちゃんはそんなことで恨むような人じゃないよ、たぶん」

「俺と母ちゃん、真琴とおやじ。俺はこっちに出てきちゃったし、真琴はアメリカに行くのか。ばらばらだな」

寂しそうな口ぶりが、藍人らしくなかった。

「持ち物に名前を書きなさい、て、俺も小さいころはよく言われた。必ず返って来るから、って。ボールはちゃんと返ってきたじゃないか」

亮介は手にしていたボールをテーブルの向こうの藍人に投げた。

「これは俺のじゃない。お前のお守りだろ。危ないな。酒がまだ缶に残っているだろう」

藍人が投げ返す。

「こいつは空。全部飲んじゃった」

亮介が投げ返す。

「俺のじゃないって」

ボールはしばらく二人の間を行き来し、やがて二人は笑い出した。

「あのさ、真琴ちゃんと連絡取ってないの？」

亮介はおずおずと切り出した。

「もう十年ぐらい会っていない。お袋に訊けば連絡できるけど」

「じゃ、彼女に返してやってよ。きっと驚くぜ」

「？」

意表を突いたのか、藍人は目を丸くして瞬きした。

いやいや……と、亮介は笑って手を振った。

「もしかして、真琴ちゃんやジャッカルズの選手に会える？　と言うと思った？　いや、そんなこと思ったけどお願いしようとは思わないよ」

ふふふ……と、藍人も笑う。

「あーっ！　思い出した。島谷が甲子園でホームランを打った日だ！」

「なんのこと？」

「お前の家族写真。日付が入っているだろう。十八年前の八月七日。やっぱり俺と真琴ちゃんは縁があるなあ」

「ばか、違うだろ。それを言うならマイクとジャッカルズ。いや、マイクと島谷？　どうでもいい。ぜんぜん関係ないぞ」

どうでもいい。

亮介も思った。真琴の結婚を機に、藍人の家族がまた集まればいい。

「きっと、ジャッカルズが日本一になって今シーズンが終わったら結婚だろう。新しい家族写真を撮れ。『おふくろ亭』で見せてもらうよ」

「まったく、気が早い奴だ。そのポジティブ思考を見習いたい」

「乾杯しようぜ」

亮介は発泡酒をもう一本取りに立ち上がった。

（了）

## 定期購読者募集

●定期購読者には「七八七円＋税」の振り替え用紙を同封してお届けします。住所・氏名・ＴＥＬ明記の上、左記までお申し込みを。（メール、ＦＡＸも可）

あて先　〒〇二八―〇一一三
花巻市東和町東晴山八―四五
文芸誌「天気図」定期購読者係
電　話　〇一九八―四四―二五一〇
ＦＡＸ　〇一九八―四四―二五一五
〈Ｅメール tenkizu@apost.plala.or.jp〉

# 近況報告

やえがし　こうぞう

長い間ご無沙汰いたし申し訳ありません。近況をお知らせいたします。一昨年つまり平成二十八年末、岩手医大血液内科にてＰＥＴ・ＣＴ（陽電子放射断層撮影装置）によるガン細胞探索検査、引き続いて脳脊髄液採取による精密検査が実施されました。その結果、悪性リンパ腫、つまり血液のガンと診断され、盛岡赤十字病院に移されて、二週間単位で入院治療と自宅療養を六回繰り返すという抗ガン治療のプログラムが実施されました。昨年（平成二十九年）十二月、無事にその行程が終了し、十二月初旬、再度ＰＥＴ／ＣＴ検査を受診いたしましたところ、ガン細胞が全て消滅していることが判明いたしました。十二月初旬、無事に退院し、診察も日赤の病室から外来に移されて行われています。私にとっては、まさに青天の霹靂で、ガンが治癒したということが信じられませんでしたが、現在は著しく衰えた体力の回復を図るために、少しずつ歩行リハビリに努めております。一日でも早く皆様にお会いして、以前と同じようにご交誼をお願いできればと祈りつつ日々斎戒に努めております。

敬具

平成三十年二月吉日

編集部より

童話作家であり「天気図」の同人や編集にも携わるやえがしこうぞう氏より、嬉しい近況報告です。以前も大病を克服、それを乗り越え数々の刊行、「北の文学」入選、「家の光童話賞」優秀賞と着実に実績を重ねているお方です。実は氏は十五号に作品掲載の頃より体調を崩しておりました。そしてガン発覚。しかし奇跡の完治の吉報が。八十歳をこえてもなお尽きぬ才能と情熱が病を吹き飛ばしたのでしょう。快気を大いに喜びたく思っています。

# ロング・エッセイ　２篇

菊池　尋子
*Kikuchi Tuguko*

さし絵　杉本　さやか
*Sugimoto Sayaka*

## ご油断なく

私がカネさんと友だちになったのは四十数年前、久慈市にある新設の高校に赴任した時のことである。そこは家族揃っての転住だが、予備知識を仕入れる暇もない忙しい転勤で、全く未知の街であった。

西も東も分からないことは本当に不安なことだった。ただ朝な夕なに久慈湾に沿って美しい海を眺めながらの通勤は私の人生で初めて体験する素晴らしいことであった。

私は勤務を終えるとバスで駅まで行き、近くのスーパーで買い物をして急いで子供の待つ家へ帰るのだ。ある時、私はスーパー以外でも買い物をしようとバスの中からいつも眺めていた駅前商店街に歩を進めた。手始めに駅に一番近い鮮魚店へ入ってみた。

店の間口は二間ぐらいで木枠にガラス戸がはめられている昔懐かしい感じの店構えで、店の中央には多くの種類の海の幸がたっぷりの氷をかぶって並べられ、店の奥の勘定台の下には炭火のコンロが置かれ、ヤカンが湯気を立てていた。後で知ったが、ある時は魚焼

き網に貝類が焼かれていたりした。店の出入り口の隅には大きな火鉢があり、大鍋におでんが湯気を立てていて、店は活気に満ちていた。

店内には二人の女性が忙しそうに立ち働いていた。一人は五十代ぐらい、もう一人は四十代ぐらいで割烹着にきりりと紺色の前垂れをしめていた。

年下の女性がニコニコと笑みを浮べて寄って来た。

「何になさりますか？」

「何が良いかしらねぇ」

迷っている私に

「今日のおすすめはこれだなす」

鰹を小型にしたような背が青びかりする魚を指した。

「焼いても刺身でも良うござります」

とても丁寧な言葉遣いで勧めてくれた。

おひな様を丸顔にしたような優しい面差しに親しみを覚えた。

この女性がカネさんである。

「では、それを下さい。何という魚ですか」と聞く私に

「ソウダガツオと言います」

と応じた。

それから刺身にできるように手早く三枚におろしてくれた。

会計は眼鏡をかけた五十代ぐらいの人の係らしい。愛想もなく、ちょっと威厳のある武家の妻みたいな雰囲気をまとっていて近寄りがたい感じだった。

その頃こうして勤め帰りに何度か買い物に立ち寄るうちに二人は、転勤族と知った私に地元でとれる魚の味わい方を伝授してくれたり、街のことなどを話してくれた。いつしかすっかり気心も知れて世間話や趣味などを折に触れて語り合うようになった。

私は歓迎される客のひとりになっていたらしく、時として勘定台の後ろのコンロにそっと招かれてグツグツと煮えばなの北寄貝をご馳走になったりした。

魚も店のおすすめで、はずれたためしはなかった。

この店は全くの鮮魚類ばかりで冷凍品など置いていなく、また養殖ものなども無い。ホヤは八戸に近い名産地の八木から朝のとりたてということだった。ふっくらとした球形で汐の香も高く食感もコリコリして甘かった。

今から四十年も前のことだからヘラガニと呼ばれる大人の掌大のワタリガニの一種がたくさんとれていた。ゆでたばかりのカニは湯気を立てて大ザルに盛られ
「旬のものでなす」

と、重くて大きいものを選んでくれた。

裏の白い方の下に赤い線が入っているのはメスで、卵がぎっしり詰まっている。オスは裏の下にグレイの線が入っていて、ミソの多いことが特徴である。

初めてだったのは、ドンコ。

その頃内陸部には知られていないもので、ちょっとタラに似た形だが、皮が少し赤味がかっている。薄い赤紫色の舌を出して氷の上に頭を並べている様は、まことにグロテスクで選びとるのに二の足を踏んだ。

しかし、これもおすすめでドンコ入りの大根とネギの味噌汁の作り方を教わった。料理してみたらとてもおいしく、すぐに好物になった。

この店には、鮮魚が主だったが実は名物の干物があった。

それは小がれいの一塩干しであった。カラカラに近い状態まで干してあり、どこでも手に入らないほどお

いしく、評判の高いものだった。

わざわざ東京や盛岡の人が用事のついでに来店して求めるほどであった。

「どうしてこちらのカレイはこんなにおいしいのですか」と問う私に、カネさんは遠慮がちに答えた。

「はあ、よそ様よりウチの方が魚の表面に包丁を動かす回数がちょっとばかり多いようだなす」

魚の表面のヌメリやきょう雑物をよく取り除くということか、つくり方が丁寧なのだ。

私は、いつの間にか、この店の得意客のひとりとなるうちに、この様子の違う二人の女性は独身の姉妹であることが分かった。姉はコヨさん、妹はカネさんと言った。

この姉妹の客を見送る挨拶が
「ご油断なく」

と、耳慣れないものであった。

久慈市でも他の人たちは使っていないのだが、この人たちが言うと、とても優しい心遣いが伝わってくるので私は好きだった。言われた職場の同僚たちも二人に直に意味を聞くのも何だか失礼に思われたようで、いろいろ諸説があらわれた。

昔、野田街道は物騒で追いはぎが現れるので油断してはいけないとか、道路が悪いので足元に注意していらっしゃいということではないか、いや、ただお気をつけてという程度の軽い意味だろう、など諸説紛々出たものだった。何はともあれ、珍しいので有名になっていた。

姉のコヨさんが病没してからカネさんは、この言葉でひところ全国の有名人となる。ＪＡ共済のＣＭやＴＢＳテレビの「やるっきゃない」のヒロインにも選ばれた。その頃はもう私は久慈を離れて花巻に転勤していたので、出演する経緯の詳細はよく分からないが、控え目で素朴なカネさんは随分と困惑気味だったようだ。よく出演を承諾したと今もって不思議でならない。

ＴＢＳテレビのコンセプトは、カネさんの干ガレイを作ることであった。仕入れから塩の処理、そして干すまでだ。

店の方が、留守になるのが困ったことだったと時折かかってくる長い日記のような電話でグチっていたのを思い出す。

私は「とても楽しく面白く拝見しましたよ。良かったです」と言うと、ココヨさんが亡くなってからテレビも見ないので捨ててしまい、ＣＭも「やるっきゃない」も友だちに誘われて、そこの家で見たきりと言う。

カネさんは、取材のテーマだった干物づくりや魚のことしか頭になくなっていて、放映のことなどあまり念頭になかったのだった。

「やるっきゃない」という番組は四十数年前ＴＢＳテレビで朝の人気番組の一つであった。豊原ミツ子というジャーナリストが全国の色々な職業を身をもって体験するというものだった。素人の彼女が本物に挑戦する姿が真剣で、どれも一応こなしてしまう、がんばり精神がユーモラスに描かれていて、視聴者を元気づけてくれる内容だった。

私の「楽しかった」という感想に
「どこがでござりますか」

と、不思議そうに口ごもる。

「豊原さんと良いコンビじゃなかったですか」

「はあ？……」

カネさんの出る番組のテーマは、店の名物である小ガレイの干物作りに豊原さんが挑戦するというものであった。

画面に登場したカネさんは、色あせたウールのスカーフを三角に折ってかぶり、アゴの下で結んでいる。洗いざらしの白い割烹着、その上に紺色の前だれをキリリとしめて、チャコールグレイの長靴という、いつもの作業用のいでたちである。顔に表情は無く、どこか不安そうに見える。

番組冒頭、豊原さんが
「『やるっきゃない』っていうのはどんな意味だと思いますか」と尋ねる。

「……」カネさんの目が点になっている。

「『やる気がある』ことだと思いますか、『ない』ことでしょうか。どっちですか」

と、笑いながら尋ねた。

すると暫しカネさんは戸惑い、目に力を込めて考えている風だった。が、やがて途方にくれた表情になり沈黙した後
「ない方……でござりますか」

と答えた。

豊原さんが
「『やるしかない！』という意味なんですよ」

と真面目に言い、カネさんは（へえ……初めて聞いた）といった表情になった。漫才を見ているみたいで楽しかった。

仕入れのため市場へ行く時も、見えつ隠れつ豊原さんの後をそっとつける。演出かどうか分からないが、電柱の陰に身を潜めたり一定の距離を保ちながらそっと歩く。まるで尾行の探偵である。

その後、干物作りの手順を丁寧に指導していく。カレイ用の包丁の使い方から始まった。キャスターはカネさんに教えられたとおりカレイを市場で仕入れ、作業場で干すところまで忠実にやってみせたが、カネさんは傍らでハラハラして見守っている様子が手に取るように分かり、それもまた面白かった。

当然のこと、

「ご油断なく」

と豊原さんを送り出してENDであった。

余談であるが、豊原さんはカネさんの次の回に種市（現・洋野町）の南部もぐりにも挑戦した。70kg程度の装具で本当に海に潜ったそうである。

種市の私の知り合いの漁労長が指南役をしたという。その彼が
「あの人は根性のある人で、良くやり遂げたなす。優しくて温かい人柄だったすよ」

と、懐かしんでいた。

テレビの画面で見るとおりの、演出ではない立派な人柄だったようだ。

テレビを見た後、カネさんに懐かしくて面白かったと電話で伝えた。

また、その後カネさんはコヨさんが思いもよらなかったことをする破目になった。

カネさんは常にコヨさんの後にそっとついて行き、姉を立てて自分は表面に立つことはない人だった。それがテレビに出演し、今度はCMの主役である。

それはJA共済のコマーシャルである。IBCのテレビで毎日流れている県民に馴染みのものである。内容は、共済に貯金をして将来に備え幸せになりましょう、みたいなもので中高年の婦人が主役である。

その年はカネさんが主役だった。

店で働く姿が映り、店の外まで客を見送り「ご油断なく」と決め台詞を吐く。

貯金がたまったならどうしましょうか、といったナレーションが入る。髪をきれいに束ねて後ろでまとめ、優しい笑顔の初老の婦人が仕事の合間に一服している様子である。湯飲み茶碗を両手で包み込むように持って口元に運びながら、ちょっと胸をワクワクさせるように小首をかしげ、とつとつと語る。

「そうですね。海外旅行にでも行きましょうか」

お茶を一口すすって口をすぼめてニッコリとする。

次のシーンは、白いつばのある帽子を被り薄青い花模様のワンピースを着てショルダーバッグを肩にかけたカネさんが登場する。

仕事着を脱いだカネさんの変身ぶりは見事で、とてもキレイだった。

カメラに向かって軽く手を振り、飛行機のタラップを上る。飛行機が高く空に舞い上がっていく――。

このCMは、半年か一年間流れ続けていたはずである。

これがフィクションではなくカネさんの現実となってくれたならと、私はどんなに強く願ったことだろう。

後日、私のこの気持ちを伝えたところ
「ああいうことは、夢のまた夢でござりますなす」

ため息をつくように応じた。遊ぶことなど念頭にない模様であった。

残念なことに、そういうゆとりのあるチャンスがカネさんに訪れることはなかった。

思い返すと、カネさんは控え目の美人で、カメラの前で淡々と演技もできる、絵になる魅力のある人だったのだ。制作者は彼女の持つ優しく柔和な雰囲気を必要としていたのだろう。

もっと褒めてあげれば良かったと思う。


話は前後するが、ココヨさんの健在だった頃は二人とも映画が好きで特に「哀愁」の大ファンだった。ヴィヴィアン・リーとロバート・テイラーが「蛍の光」で踊る名シーンなど手振り身振りで懐かしんだ。

私は後年テレビで見たがロマンチックで悲惨な恋物語である。モノクロームの場面はヴィヴィアン・リーの美しさを際立たせている。「風と共に去りぬ」と同じくらい輝いていた。戦争が原因で悲恋に終わる物語だった。きっとリアルタイムで見た時代の人たちは紅涙を絞られたに違いない。

大きな風呂敷包みを一かかえ取り出して広げて見せてくれた。若い頃歌舞伎を見に通った時のパンフレットの束ということだった。

この姉妹は当時の人たちとしては随分恵まれた環境にあったことを思わせた。

その頃は姉妹二人、炬燵に入りながら若い頃のこと、主に女学校時代の思い出などを話してくれた。カネさんは師範学校入学を希望したが姉と共に家業を継がなければならなくなり、断念したと残念そうに話した。

私も仕事と子育てに忙しいさ中だったが、暫しの間、二人の楽しいおしゃべりに心を和ませたのだ。

姉のコヨさんが癌になって手術したのは私が久慈を出てすぐのことだった。夏に子供たちと海水浴に行った時、店に寄ると、コヨさんがキチンと絽のひとえを着てはいたが、やつれていて奥から這うようにして出て来た。

「先生、私こんなになってしまって……」

と気丈なコヨさんに似つかわしくなく弱々しい口調で微笑んだ。

しかし、眼差しはいつものとおりしっかりしていたので、（コヨさんだもの、大丈夫）と私は楽観していた。

「大丈夫ですよ。頑張ってください。また来年もお会いしましょう」

と手を握って励ますのが精一杯だった。病院は、一時帰宅ということだったようだ。

それがコヨさんと会った最後だった。

翌年、夏に訪れると、カネさんは店の大きさを縮小し現代風に改築して品数は少ないが充実した経営をしていた。私はコヨさんの遺影に挨拶してお位牌にお参りした。

傍に正座していたカネさんは
「悔しくて悔しくて」

と泣き崩れ、闘病中の姉妹がお互いに辛かった体験を話してくれた。私たちは肩を寄せ手を取り合って泣いた。

コヨさんが亡くなったことは勿論悲しいことだったが、たったひとり残されて、それでも健気（けなげ）に店を守っているカネさんが、どんなに辛いことだろうと思ったからである。

二人の実家は街から離れた海辺にあると聞いた。が、殆ど行き来している様子はなかった。心から頼りにしていた姉の死に、カネさんの孤独感はひととおりのものではなかったに違いない。

カネさんは
「あまり姉が勿体なくて悔しいので、店を一週間も休んで恐山に行って声を聴いて来ました」と言った。

カネさんが店を一週間も休むのは、全く尋常なことではなく、そのうえ急に恐山という話が出てきて私は面食らった。しかし、それだけコヨさんを悼む気持ちが強かったのだと、カネさんが可哀そうで涙が止まらなかった。

恐山がどんな所か、コヨさんとどんな話を交わしたのかなど聞いてみたい気持ちはあった。しかし、カネさんの悲嘆を思うと、立ち入ったことを尋ねるのは慎まなければならないと思った。

それからも時折思い出したように夜の十一時ごろ店を閉めると電話をくれた。

私も電話をする時は、この時分を心掛けるようになっていた。

カネさんの話は長い長い日記のような内容だった。干ガレイを買いに出張のついでに寄って品を褒めてくれた客、つり銭をだまし取った客のことなど話題は尽きなかった。そして必ず再会を約束して電話は終わった。

ある年の秋、店を訪れた私は、入り口に貼られた一枚のメモが目に入った。人の気配がなく店にはカーテンが下がっていた。

何だか嫌な予感がした。それは、ただ「二時頃帰ります」という何の変哲もないものだったが、今貼ったばかりのようで、戸を開けるとスルッと開いた。

店は品数も少なく、もの寂しい雰囲気でいつもの威勢の良さは感じられなかった。

（やっぱり、一人で全部こなすことは無理なことなのだろう。もしや体調を崩しているのでは）という不安が胸をよぎった。

私は出張のついでに立ち寄ったので、二時というのは午後の会議中で、その後すぐにバスで帰らなければならなかった。したがって再び立ち寄れないことが分かったので、持参した土産をカウンターの上に置いて店を後にした。

いつもならかかってくるはずの電話もその夜は無かった。

その後こちらから何度もかけたがコール音が鳴り続けるばかり。

二カ月ぐらいたったある夜、待ちわびていたカネさんの声が受話器から伝わって来た。

「いま病院からですが、今日やっと廊下に出ることが許可されて、そちらに真っ先に電話しました」と言う。

息が乱れ、弱々しい低い声だった。

あの日、彼女は病院に行くと、即入院と手術で何も食べることも叶わなかった。やっとのこと立って話しているので力が出なくて、でも一言お礼を言いたくて……と短く一方的に話して電話は切れた。

たった一人、身動きのとれない病院生活の中、ベッドで彼女は何を見て何を考えていたのだろう。

病院名も病名も肝心なことは何一つ分からなかったが、とりあえず危険は去り快方に向かっているらしいことは分かった。

私は、お見舞いに冬用の肌着類を店あてに送った。親類でもたまに様子を見に出入りするだろうと思ったからだ。

「あんなキレイなお品、勿体なくて使えません。何かの時に、大事にしまっておきます」

何日かたった後、お礼の電話があった。大分声に張りと力が戻っていた。

「寒くなるので今使わなければ意味がありませんよ」と、言って私は笑ってしまった。久しぶりにカネさんも「ホホホ」と笑っていた。

口を押さえて嬉しそうにしている表情が目に見えるようだった。

退院したらJA共済のCMみたいに丸い温顔をほころばせて、ゆっくりお茶でも飲む生活をして欲しいと思った。そう言うと

「あんな暮らし、私にはご縁が無ござります」

と、素っ気ない。

半年ぐらいたち、お礼の干物やヘラガニが送られて来た時は心底安堵した。やっと退院して数日療養した

が退屈なので店を再開した、元気にやっている、との知らせであった。

次の年夏休みになったら大きくなった子供たちを連れて海水浴に行く約束をした。

電話したのは秋だったので、いつも質素な服に使い古した割烹着姿だったカネさんを少し華やかにしてあげたくて、冬に着られるようにパープルのカーディガンとセーターのアンサンブルを贈った。

パープルは私の心の中でカネさんのシンボルカラーになっていた。

彼女は電話で殊のほか弾んだ喜びの声をあげてくれた。

嬉しくて嬉しくて、カーディガンを抱いて畳の上を転げ回って笑ったと言う。

なんだか目に見えるようで私も一緒に笑った。喜んで貰えて良かった。

「姉に買って貰ってから新しい服なんて必要もなかったから、考えてもみませんでした。姉が天井から見ていたらカネはぁ気狂いになったと思ったこってす」

と、とても丁寧に言った。

カネさんはいつも誰にでも丁寧な言葉を使っていたことを思い出す。年上の彼女がとても愛おしく思われた。

「普段着に少し明るい色も良いかなと思って」と、言うと
「とんでもない。よそゆきにします。病院に行く時に着させて貰いますから」

と、答えが返って来た。

(そうか病院とはまだ縁が切れたわけではないんだ)

私の気持ちは少し沈んだ。

「無理なさらないでね」

彼女にはムダな言葉と思いながら通話を終えた。ほんのわずかの心遣いに、こんなに喜んで貰えるとは思わなかった。カネさんの深い孤独の一端を垣間見た気がした。

盛岡では毎年歌舞伎の公演がある。私は歌舞伎好きだったというカネさんを招待しようと電話をした。年中無休で早朝から深夜まで働きづめの日常から、我が家に一泊で芝居見物などして、ちょっと息抜きをさせてあげたかった。

「ありがたいお話ですが、貧乏暇なしで……歌舞伎は何年間も観たことはございませんので心は動きます。けれども、時間と体が贅沢を許してくれませんので」

と、恐縮したように言い、

「申し訳ございません」

と、何度も電話の向こうで言っていた。カネさんが電話に頭を下げている姿が脳裏に浮かんだ。

それからほどなく夫が出張で久慈市へ行った時、店に立ち寄るとカネさんは留守で店の内外に発砲スチロールの空のトロ箱が山のように積まれ、入り口の戸は開いていたが商品は無かった。閉店したようだと思ったそうである。しかし奥に行くと、住んでいる形跡はあった。

「体力が無くてトロ箱の始末ができないんだろうな。彼女が家にいれば俺が片付けてあげても良かったんだが」夫はぽつりと言った。

駅前もさびれていて隣の店も閉まっていたため、彼女の状況を知る手立てはなかったという。

その夜、心配して電話をしたが出る人はいなかった。ハガキも書いたが返事は無かった。

カネさんとは安否を気遣いながらも連絡がとれないまま月日が流れた。私も身辺があわただしく、カネさんを探す目的で久慈に行くことはできなかった。

音信不通のまま二年ぐらいたって、夫は仕事で久慈に一泊の予定で出張をすることになった。私はカネさんの消息を尋ねるようにと頼んだ。

夫が店に行くと、店の周囲はすっかり整然と片付けられ、入り口には鍵がかかっていた。窓越しに中を覗くと店の中には全ての設備が取り払われて何も無く、一目で空き家になっていることがわかった。

奇妙に清潔な出入口のガラス戸。その内側は、ガランとしたコンクリートの大きなうつろになっている。深い静寂が音を立てている気配がある。よじれた茶色の落ち葉が、何枚か建物の土台のへりに埃とともに吹き寄せられている様が鮮明に感じられた。

イメージは、空しく悲しかった。

夫が泊まったホテルはカネさんの店からさほど遠くなかったし、カネさんはひと頃話題の人でもあったろうから、おかみも店と名だけは知っていた。何といっても駅前の店だったのだ。商人なら消息を知らないはずずはない。

多分二年ほど前に店を閉めて、その後の消息は分からないが、どうやら亡くなったらしいということだった。

心のどこかで予感はしていたが、現実となると寂しさが心の底からこみ上げてきた。

もう一度あの優しい笑顔で
「ご油断なく」

と、別れの言葉が聞きたかった。

せめてコヨさんとカネさんのお墓に花を手向けたいと思うものの、全く手がかりがない。一生懸命人生を生き抜いたカネさんは、きっとあの世とやらの良いところに行ったに違いないと思うし、そう念じている。

ある時ふいに私は、恐山に行けば会えるかもしれない、と突拍子もないことを思いついた。カネさんがコヨさんに会って話したように。それも一つの供養の仕方かな、と思いながらも行くチャンスに恵まれず、歳月は過ぎ去ってしまった。


（了）

# たった一人のコンサート

数年前、五月の終わり頃、一通の封書が届いた。見慣れない女文字に誰からかと思いながら裏を見ると、「合唱団グランド電柱」事務局、Eとある。

封を開ける前に、すぐに便りの内容は分かった。胸がちょっと、ときめいたが、先方の意図が今ひとつ分からなかった。

それより遡ること一カ月くらい前に、花巻市内で音楽活動をしておられる花巻農業高校教員時代の先輩F先生から「ウチのコーラスグループが、貴女に会いたがっているので、よろしく」という電話があった。「詳しくは事務局から連絡がいくはずだから」という、しごく簡単な内容だった。

そのコーラスグループは、宮澤賢治の詩や楽曲、それに賢治童話のミュージカル化した台本から、そのナンバーを歌っているということはF先生からチラッと聞いたことがある。

この台本というのは、県立花巻農業高校の代々演劇部顧問が賢治童話を演劇部のために書き、作曲したものである。

しかし指導者のF先生は寡黙な方で、音楽オンリーのマイペース人間なのである。

したがって、彼の率いる会がどんなグループか、その詳しい活動内容も聞いたことがなかった。私たち脚本を書いたメンバーは多分、誰ひとりとしてそのグループ活動の存在を知っている人はいなかったと思う。

それが或る日突然、交流会のお誘いである。

『どんぐりと山猫』の一郎みたいにおかしな便り、とは思わなかったけれど、相手に全く知識が無いので、一郎のように相手である山猫のニャーとした笑顔を想い浮かべ嬉しくて嬉しくて、という喜び一辺倒の心境にもなれない。

私に会って下さってどうしたいのか、意図が分からなかった。

でも、非常に友好的な気持が伝わってきたので、新しい出会いを楽しもうと少しの不安を片隅に押しやって参加の返事を出した。

その日、仕事が休みの夫が会場である花巻市東和町の図書館「けやきラウンジ」に連れて行ってくれるというので、足の不便さもなく素直に夫に感謝して出かけた。

当日は全くの曇り空。あたりは淡い灰青色の透き通った光に満ちていた。

私が新卒で赴任した学校が、この東和町の東和高校なのである。

しかし、会場のある安俵(あひょう)六区は、赴任当時、見渡す限りの田圃であったが、今は庁舎や病院街に変わっている。五十年前の面影は全然なく、見知らぬ街に来たような気分であった。

立派な図書館に入ると、「グランド電柱」とプリントしたTシャツのユニフォームを着た中年女性が二人出ていらっしゃった。

定刻より二十分も早く着いたので談話室で待つつもりだった。

なぜか二人の女性は、すぐ私の所に満面の笑みをたたえて歩み寄って来た。

「ようこそ。お待ちしておりました」

と私の名を確認もせず、すぐ脇にある会場「けやきラウンジ」に案内してくれた。

入り口の右側にピアノが置かれ、その後ろの方に壁とガラス窓に仕切られた調理室がある。

ラウンジは広く、壁の二面が総ガラス。部屋の中央には藤色がかった深々とした豪華なソファが低い長テーブルの両側にぎっしりと並べられていた。多分、その日の為のセッティングだろう。

すでにメンバーは揃っている模様で、それぞれがその持ち場で「ようこそ」と迎えてくださる。何だか熱烈歓迎の様相を呈していて、私は恐縮してしまった。

団長のF先生がただ一人の男性で、部屋の隅からにこやかに譜面台を持って現れた。

F先生は「ああ、これは……」などとポーカーフェイスで言っている。

メンバーの方がテーブルの中央に「どうぞ」と案内して下さる。そのテーブルの上には赤いポピーと緑の葉の切り絵が中央に貼られ、私の名と日付の入った手描きの美しい紙が置かれてあった。手に取って眺めると、その日のプログラムである。

私が席に着いた途端、ガラスの壁を背にして九人の女性が一列にさっと並んだ。「グランド電柱」とプリントされた色とりどりのTシャツは、赤・黄・緑・青・紺・など皆違っていてきれいで楽しい雰囲気がかもし出されていた。

左端に立つ背のスラリとした品の良い女性が緊張した面持ちで私の方を見た。

「私が事務局のEと申します。今日は私たちの希望を叶えて遠い所からおいで下さって、ありがとうございます。本当にこの日を一同お待ちしておりました」

と、歓迎の挨拶をされた。

何だか竜宮城に案内された浦島太郎のように一瞬呆気にとられる。

「ご挨拶はのちほど頂くことにして、ではプログラムを始めます」

私が慌てて目の前のきれいな絵入りの厚紙の裏を見ると、びっしりと曲目が、これも手描きで書かれている。

F先生が分厚い譜面を台にのせ、指揮を始めた。

『ひのきとひなげし』からミュージカルナンバーが歌

われ、曲の合間に短く物語の内容と場面が語られる。

自分が三十年も前に書いた歌が流れる。初めて聞く曲のように新鮮である。それもそのはずで、私が同校を転出した後も書き続けた台本があり、それらの曲には馴染みがなかった、ということもある。練習の時、音楽の部分は専らF先生が担当していたのだ。

私は緊張していた。私にとっては、それまで全く知らない存在だったので当然かもしれない。

メンバーは、すぐに曲に乗ってスイングする。

きれいで懐かしい曲が、中高年層の女性たちによってドラマチックに展開されていく。演劇部の生徒たちの歌声とは驚くほど違った趣きがある。やはり本格派の響きである。練り上げた芸術性の高さに感慨深かった。

ガラスのステージの向こうは背の高い濃淡の緑が映える植え込みのホリゾント。賢治作品を歌うには、うってつけの心憎い演出である。思いがけないコンサートは、こうして展開して行った。

三曲目のあたりからは交流会の意図も分かり、私も少し心に余裕ができてきて、ゆったりと座り直して耳を傾ける。

透き通った涼やかな歌声、ピアノとのアンサンブルもとても良い。後で聞いたところによると、ピアニストは団員ではなく、その日の為に特別依頼したプロのピアニストの方とのことであった。

コーラスに包まれながら、私は色々なことを思い出していた。いくつ詞を書いても魔法みたいに、すぐ曲をつけるF先生に驚いた。

作曲家の頭の中はどうなっているのだろう。

高校の演劇部員と学校行事である「賢治先生を偲ぶ会」（一般校の文化祭にあたる）での発表をめざして夜遅くまで練習したこと、その時の生徒たちの苦労した様子、なにしろミュージカルなのでセリフ、歌、コーラス、踊りなどをこなさなければならないのだ。歌が思うように歌えない、踊るのは苦手だなどで部活をやめるのなんのといったイザコザを乗り越えて、みな必死で取り組んだものだった。

劇中のモダンダンスを真剣に創作し指導してくださった体育の先生方の協力も大きかった。

台本を書くにあたって、賢治の弟さんである清六氏に許可をお願いに伺った。作品に目を通す前に無条件で快く許可を頂けたことは驚きであった。楽譜のついた台本集を作成する時も、お読みにもならず「良いですよ。どうぞご自由に」と言って頂いた時の、笑みを浮かべて私たちと共に写真にも納まった温顔、伺う度に新版の賢治絵本にサインしてくださったり、サイン入りの色紙を頂いたことなど懐かしく目に浮かぶ。優しく温かく接してくださった清六氏を偲んだ。

清六氏にとって花巻農業高校は身内に近い感覚だったのかもしれない。

賢治に親しみ、一生の愛読書となったのは、小学二年生の頃『注文の多い料理店』を読んでからであった。何十回読んだか分からない。多少ものを書くようになった私の原点でもある。

この台本を書くため賢治童話を読み返し、さらに好きになり、深みにはまってしまった。

こうした思い出がこみあげて胸が熱くなった。

ナレーションを入れて十曲歌い終わると、ランチになった。

事務局のEさんが座りながら「今日は先生の前なので、ちょっと緊張しました」と言う。

「ギャラリーが一人っていう経験も初めてですものね」

隣の人が相槌を打つ。

たった一人の私の為だけのコンサートだったのだ。

道理であちらもこちらも初めての体験なので緊張していたわけである。

食事をしながら自己紹介ということになり、私はコーラスの美しさに感動したこと、団員のアンサンブルの良さ、花農時代の懐かしい思い出でいっぱいになったことなど、ひとしきり賛辞と謝意を述べ近況を話した。

その後メンバーひとりびとりが賢治作品を中心に歌うことへの想い、生活に根付いた生きがいのある活動、コーラスへの愛着などをお話しになる。その人柄や生き方がにじみ出る、とても感動的なスピーチばかりである。

歌詞のフレーズは日常の中で、キッチンに立ちながら、草むしりしながら口ずさんでいらっしゃるとのことで、授業の合間や夜中などに楽しみながら台本を書いていた私としては、メンバーの思い入れほどの気持ちはなかったなと、じくじたる思いがこみあげてくる。

昨年夏の頃、一作だけは新しく書き加えてほしいとのF先生のご依頼で『ひのきとひなげし』のフィナーレを少し吟味して書いたものがある。しかし、それも毎度のことながら実際に歌われたものやらボツになったものやら、歌詞の行方はわからないまま、すっかり忘れていた。

ところが、それは去年の市のコーラス発表会で歌われていたそうで、幸いなことにコーラス団の皆さんに好評であった。

「私、現在の生き方・考え方で良いのかと迷う時、ふとあの詞の〝その場その場で美しく咲いていれば良い〟というフレーズを思い出して、そうだ今を一生懸命生きているから自分はこれで良いのだと思えるようになって元気を頂いています」とか、

「何があってもさておいて練習場に通う時の自転車のペダルのはずむこと、歌う度に励まされています」

などの感想を頂き、恐縮して聞いていた。

その中に中途失明の方がいた。

彼女は、コーラスを一度は止めたが、仲間の強い誘いでやり直すことにし、今ではそれを日々の励みとしている。そして視聴覚障がい者情報センターの図書館（旧・点字図書館）から文学の音声訳（朗読）CDを借りて好きな作家の作品をたくさん聞いている、ということだった。それが大変楽しそうで印象的だった。

これが、後の私に非常に役に立つメッセージとなった。

そのコンサートの数年後、私もそのセンターのCDを借りて普通に読書できないところを助けてもらっているのである。

脚本を書くにあたり、私はあくまで賢治童話の世界でのことばということだけを考えて書いたので、なるべく賢治作品に忠実にと心掛けただけだった。何といっても原作の言葉の力がものをいっているのだ。

またこの場合、曲のついていることが親しみやすさにつながっているのである。メロディックで歌いやすく、そのうえ何カ月もかけて練習するのだから、読みも深く親しみもわくのだと思った。じっと耳を傾けて

いると、団員さんたちの人生が立ち上がって見えてきた。

　私は、皆さんの真情あふれる自己紹介に熱心に聴き入ってしまい食事をするのを忘れていた。全員の自己紹介が終わった頃、私の前だけ料理のお皿が並んでいて、既にコーヒーとデザートが運ばれて来ていた。私は胸がいっぱいで折角のお料理も少ししか箸をつけることができなくて、失礼してしまった。

　コーヒーが終わると午後の部に入った。『水仙月の四日』から四曲。

　コミカルで楽しく、フィナーレはやはりF先生流のロマンチックで流れるような再生の喜びを込めたメロディーで終わった。

　音楽は直接聴く人の心に響く。言葉は読んでイメージして、とワンクッションあって、やっと腑に落ちるという面がある。しかし音楽は有無を言わせない直接的なものがある。

　歌い終わって皆がホッと息をついた時、思わず私は拍手して「アンコール!!」と叫んでしまっていた。準備していたわけではない。もう少しこの心地いい雰囲気に浸っていたかったのだ。

　コンサートの始めは、メンバーが開きかけた蕾のような表情だと感じたが、午後の部からは、花が開き良い香りも漂う雰囲気になっている。

　アンコールになってからは、もう夢中でコーラスの楽しさに没頭しているようだった。この姿がコーラスグループの醍醐味なのだと感じた。

　F先生の指揮も、心を開き、音楽づくりに熱中している。

　本当に善(よ)いものを見せて頂いたと思う。

　私もコーラスに乗って、異次元に旅しているような嬉しさと感動を味わった。

　皆が一カ所に寄って打ち合わせをしている。ガサガサと厚い譜面の束を指揮者が探し出してピアニストに渡す。

「では、お応えして林さん作曲の〝冬の光〟を歌います」

　Eさんが言うとすぐに皆さんが歌い始めた。マルシャークの『森は生きている』のミュージカルナンバーだと気がついた。

私も二十代前半に『森は生きている』の我がままな姫を演じたことを、ふと思い出していた。

「アンコールまでは考えていなかったなぁ」

とF先生がつぶやいた。

団員さんたちも頷いて嬉しそうな表情で席に着かれた。

すっかり堪能して、私は腕が疲れるほど拍手した。でも、たった一人なので申し訳ないほど迫力がない。

また、ひとしきり賢治童話について話に花が咲く。そして再び私に質問を貰っている中で「車は運転しないのですか」というものがあった。私は運転免許を持たないことについてのくだらない釈明を並べ立てた。

そのついでに
「こうして足もなく、体力もないので、ボランティアにもなれず、ひとさまのお役に全く立たない人間なんです」

と苦笑して答えた。

3・11の震災の翌年だったので、日常的にボランティアということが自分の思いの中にあったからだ。

すると、一人の方が
「いいえ。芸術を通してボランティアをなさっているんですよ」

と真面目に言ってくださった。

それは、こうである。

日頃このグループは老人ホームやデイサービスの施設などに、要望があるとできる限り行って歌うボランティアをしている。今回は震災の避難所や被災した小中学生を対象に歌っているということで、その歌の詞を私が書いているのでボランティアに参加しているのだと、優しく励ましてくださるのであった。

「〝星めぐりの歌〟は、私の大好きな曲ですが『双子の星』の挿入歌ですよね」

と私が言うと
「あれは、このコーラス団の得意な歌の一つなんです。F先生の編曲がユニークで他の合唱団では歌えないようですよ」

と一人の方が得意そうに答えた。

「ね、歌いましょうか?」

と別の方が言うと、皆さんがさっと席を立つ。指揮者はまたガサガサ譜面を探してピアニストへ渡す。

輪唱風に始まり、オリジナルの中頃の単純なパートが美しく変化して盛り上がる。輪唱なのに、どこでどうなるのか、終わりはピタリと一緒にきまるのだ。

確か音は複雑だけれど、賢治のシンプルさを損なわず、コーラスならではの出来上がりだ。グループの方々の情熱に私は胸が熱くなり拍手しながら涙が溢れそうになった。

ちなみに、このグループの風変わりなネーミング「グランド電柱」は、賢治の詩集『春と修羅』の一節からとったものだという。団員たちの大好きな詩で、それに林光氏が曲をつけて、このグループの団歌にもなっているということだった。

天にも昇る心地で本当に夢のような時間が過ぎた。

交流会という名目で、たった一人だけの私の為に本格的なコンサートを開いてくださったのだ。こんな贅沢なサプライズを頂いて、作詞者冥利につきることであった。意識もせずに何気なく流れていた私の日常の時間に、厚みがあった一日であった。

お互いに感謝の言葉を交わしながら、今後の健闘を祈り合った。


一郎が山猫のお礼に貰った金のドングリは家に帰るとただのドングリに変わっていたが、私が頂いた沢山の好意と歌は一生輝きを失わない思い出となった。

元気と励ましのパワーを頂いて帰路についたのであった。

夫が、コンサートのあいだ東和町を見物しながら時間をつぶして、私の迎えに来てくれたことも大変ありがたいことだった。

Kammermusik Zirkel M. Kammermusikabend I　1979．12．17　盛岡市四ツ家カトリックセンター

カンマームジーク・ツィルケルMのメンバー(左から二番目が菊池優子)

【評伝】

# チェリスト菊池優子物語

## ―カンマームジーク・ツィルケルMとともに―

加藤　和子
*Kato Kazuko*

優子は、車に溜まった雪をていねいに払い落とす。さきほどまでは、広々とした田園地帯に、土が黒々と見えていたが、しだいに雪野原に変わっていく。吹雪を透かして、遠くに点在する屋敷林が見え隠れしていた。

優子は、長男が雪かきをする姿をバックミラーに、車のエンジンをかけ、アクセルをそっと踏んだ。灌木の枝から、雪がさらさらと舞い落ちた。

きょうは、この年（一九七九年）一月に結成され、発表を目指して、厳しい練習を積んできたカンマームジーク・ツィルケルMの初演の日である。

このアンサンブルは、ウィーン国立音楽大学に留学していた三神昭子が、たまたま同じゼミナールに盛岡から参加していた宮暁子と意気投合し、帰国してから仲間を募り結成したものだ。「カンマームジーク・ツィルケル」は、ドイツ語で「室内楽の夕べ」の意味。「M」は盛岡のM。会員は十二人で、このうち二人が男性、大半が盛岡市内の音楽教師だ。

ツィルケル結成以前のことだが、優子は、三神が内輪のサロンコンサートを開き、芸術文化協会会長の伊藤寿氏や、工藤巌盛岡市長を招いたときに、もっとたくさんの人たちに聴いてもらえばいいのに、もったいないなあと思っていたことがある。それが今度は、教会を借りての第一回公演に漕ぎつけている。間口が広げられたことが嬉しかった。

三神は三神で、優子が入ってくれたことに先ずは一安心している。それこそ岩手初の女性チェリストであり、岩手県民オーケストラで鍛えられてきている。女性としては背が高く、一見、実行力、判断力を感じさせる。一つ事をなし遂げるだろう。

菊池優子の家は、石鳥谷辺りでは旧家に数えられている。いわばそこのお嬢さんとして育った。新たに家庭を持ち、三人の子どもたちを産み育てた優子が、しばしば、チェロを車に積みこんで出かけるすがたを、地域の人々は、はじめは物珍しさから好奇の目で見たものだ。しかし、いまは、ああ、あの人は音楽をやる人だからと納得している。結婚をしたら止めるのではないか、周りはそんなふうに見ていた。しかし、結婚しても優子は止めなかった。子どもを持てば大変になるだろう。それでも止めなかったのだ。

優子は昭和十年生まれ。岩手県立花巻北高等学校から岩手大学に進み、更に委託生となって東京藝術大学でチェロを学んだ。最後に教授に言われたことを、優子は忘れない。

「郷里にもどって音楽を広めなさいよ」

忙しければ忙しいほど、大変になればなるほど、そのことばが優子の胸の内に響く。楽器は練習を一日休んだだけで、停滞どころか演奏上の躓きともなりかねない。使命感といえば大袈裟かもしれないが、少なくとも、その日のために練習を絶やすわけにはいかないのだ。ひと休みしたいと思うそのときこそ、優子は、自分をチェロの練習に向かわせてきた。

大学を卒業して石鳥谷に帰ってから、優子は教職に就くなどしたが、教壇に立ちながらも、果たして、この岩手で音楽を広めていけるだろうかと疑問だった。せっかく東京にまで出て習ったチェロだが、広めているとは言い難い。自宅に音楽室を設けて、ピアノと二台のチェロを準備し音楽教室も開いて後進を育てている。生徒たちも興味は示しているし何とか続けてくれそうだ。いまのところ一隅を担ってはいる。しかし、まだまだ音楽を広めたという実感に乏しい。

そんなとき、岩手県民オーケストラ発足の兆しがあった。団員を募る書面を見たときには、果たしてこの岩手で、オーケストラに必要な人材と楽器が揃うのか疑問だった。ホルンは？　コントラバスは？　挙げれば足りないものばかりだ。だが、もしオーケストラができて参加できるなら、他の人たちと一丸となって、目的を果たすチャンス、音楽を広めるチャンスがある。鍛えられることにもなる。優子は、とにかく応募してみた。結成の運びとなったときは感激だった。

優子は、県民オケの第一回定期演奏会からずっとチェロの席を温めている。県民オケの定演は、もう第十二回目、年に二回開いた年もあったからだ。これからは、ツィルケルと県民オケと掛け持ちだ。できるだろうか。この春には、長女が医科大学に落ちつき、次女は、進路を音楽にと本気で考えてくれているらしい。気持にはゆとりがある。やっていけるだろう。

県民オケ創設時からのチェロ奏者である優子は、低音の弦の役割を知悉している。低音の響きは、優子とは相性がいい。気心の知れた友だちとの会話のようなものだ。この賜物は、厳しい練習に耐え抜いた後に獲得されたものでもある。ここまでになれば、そう簡単には止められない。弾く楽しみ合奏する楽しみはもちろんだが、いまからこそ、この地方にあって、生演奏を聴く機会の少ない人たちにも、アンサンブルという形で、交響曲という形で聴いてもらう事ができるのだ。

そして、きょう迎えたツィルケルのデビューである。県民オケの定演の曲の練習と同時進行でツィルケルの曲に取り組んできた。

後輪が路肩の雪凝りに乗り上げたか、積んであるチェロの弦がビーンと鳴る。思わず優子はアクセルから足を引いた。ルームミラーで後続車を窺う。雪をうっすらと塗した軽トラックが、車間を大きく空けて慎重に走っていた。

そういえば、県民オケのデビューは、県民会館のこけら落としだった。きょうのコンサート会場である盛岡市にあるカトリック四ツ家教会も、思えば去年改築されたばかり。ツィルケルもまた真新しい建物での初発となる。

雪を掃うワイパーの向こうで、交差点の信号が赤に切り替わる。優子は停止線よりすこし手前でブレーキを踏んだ。この国道4号線の石鳥谷、盛岡間三十六キロの路を、練習だ、本番だ、慰問だと、何度往復したことだろう。驟雨に見舞われ、あわや追突しそうになったこともある。交通事故の渋滞に巻き込まれ、間一髪で演奏会場に駆け込んだこともあった。

ここから「盛岡市」の標識にほっとする。アンサンブル新発のわくわく感が一気に増した。

県民オケの第一回定期演奏会は、一九七三（昭和四十八）年だ。チェロは十一人で、岡本彰、加藤弘道、亀谷哲也、菊池治雄、佐々木幸夫、氷室和彦、藤原義也、三浦美恵子、村井正一、村井清一、そして菊池優子。ソロで弾くときの重圧感はないが、パートの一人としての責任も重い。ステージの指揮者の一振りに、出だしを揃えられた時点で、不安の大方が拭い去られたのを思い出す。きょうのツィルケルの第一回も、県民オケの第一回のときと心境が重なる。

教会の駐車場に、楽器と衣装ケースを提げた仲間たちが次つぎに降り立っている。踏み固められた跡に、またも積もった雪がくっきりと足跡をのこし、会堂にまでつながっていた。申し合わせたように黒のケースに納められた楽器たちが、それぞれに個性的な曲線を誇示しながら、だいじに抱えられて、白い道を動き、教会の扉の内側へと吸い込まれていく。優子のチェロは図体が大きく、持ち運びにはいささか難儀である。しかし背の高い優子には、相棒のようにチェロがよく似合う。抱えたままひと呼吸おいて空を振り仰ぐと、十字架に垂れこめていた鈍色の雲の縁から、光が滲みだそうとしていた。雪は止むだろう。きょうのプログラムにある「スターバト・マーテル」の冒頭の詞が、細かく軽く斑な雪とともに降りてくる気がした。

「悲しみの母は立っていた
　十字架の傍らに、涙にくれ
　御子が架けられているその間」

キリストの母マリアが、無実の罪で犯罪者のように十字架に架けられた息子のすがたを見ている。母親なら誰でもその心境は理解できるだろう。けれども十字架の意味が分かるだろうか。キリストが全人類の罪の身代わりとなったというそのことを。マリアの悲嘆を。ただ、もし演奏が本物なら、聴く人たちの無意識下にでも、必ずや伝わる何かがあるだろう。優子は、チェロを抱えなおして、半開きになったままの会堂の扉をいますこし広く押し開けた。

ツィルケルは、昼過ぎから、リハーサルに入った。ステンドグラスで弱められた光が、暖房で温もるホールのひと所をぼんやりと照らしている。

バイオリン、フルートのチューニングが、三神の指示がはじまるとぴたりと止んだ。

ゲネプロの開始だ。

プログラムⅠ番のコレルリ作曲「フルートソナタ長調０ｐ５の４」。菊池潤のフルートと三神昭子のチェンバロが、たちまちにバロックの世界にいざなう。三神の演奏となれば、楽員みなが、心理的に、拝聴といった雰囲気になる。練習のときに、誰かが、あら、この音、半音ちがってる、なんだか気持ち悪いわ〜、と騒いだチェンバロの音が、いまは一音一音正確に弾き出されている。きょうの調律は万全だった。

プログラムⅡ番。ベートーベンだ。「ソナタｏｐ13」は「悲愴」、その「第二楽章アダージョ」。優子がいま聴いているルービンシュタインの演奏が浮かんだ。有名な曲となるとどうしても何人かのピアニストの演奏が過る。しかし、ここはそれとの比較で聴く場面ではないだろう。それはそれ、これはこれだ。アダージョに優しさが広がる。グルック作曲「オペラ　オルフェイス」より「精霊の踊り」では、第一バイオリン、箱石秀子。第二バイオリン、菊池昭子。ピアノは谷藤牧子。

三神の厳しい指導に裏打ちされたピアノが流れる。わたしがこう弾けといえば、そのように弾くのか？　自分の考えはないのか？　そんな三神の歯に衣着せぬ刺すような指導が、かくも美しい旋律となる。三神のことばは、時としてベートーベンの強烈な連打のごとく生徒を震え上がらせる。しかし、レッスンを受けた者たちのほとんどが、一角の奏者、指導者として巣立っていくのだ。

Ⅲ番、いよいよ優子の順番が回ってきた。プレイエル作曲の「ピアノトリオ　ハ長調HⅤ15の3」。ピアノ、三神昭子。バイオリン、箱石秀子、そして菊池優子のチェロだ。優子はバイオリンの明るさをひたすら守り、守り、守り抜く。これでいい。チェロはメロディーの揺りかごであればいい。

Ⅳ番は、プログラム中、みなが最も心血を注いだヴィヴァルディ作曲の「スターバト・マーテル」だ。何という敬虔さと奥ゆかしさ、そして深くもだす悲しみを秘めた曲だろうか。聖母マリアが、イエスの母であるがゆえに受けた悲しみ、それが七つあるのだという。優子は七つとは、おそらく完全数を表すのであって、それは悲しみという悲しみのすべてを指すのであろうと思った。

アルト独唱、森肇子(ただこ)。第一バイオリン、菊池昭子。第二バイオリン、亀谷由美子。ビオラ、田山与志恵。チェロ、菊池優子。チェンバロ、三神昭子だ。

アルトの抑揚が切々と世俗を切り離し、今一つの境地に聴くものを引き連れる。チェロは、内奥の呻き、悲しみを、感情に流されずに表現しうる楽器でもあると思う。

磔刑にあうキリストのすがたを見たくはない、しかし見あげ、深い悲しみと嘆きを、やわらげるものの何ひとつ無いままに、たとえ心が、魂が、ずたずたに切り苛まれようとも、現実を違えることなく、そのまま受け入れざるを得なかった母マリアの痛ましさ。繊細な旋律のささやきが、悲しみを炙り出す。掬いあげよう、悲しみを。優子は曲のテーマに届き得た実感に促されて、これまでの練習とはまた別な新たな境地で弓を引き続けた。

マリアの心も剣で貫かれるという予言、ヘロデの幼児殺し令、イエスをエルサレムで見失ったこと、十字架を負ってゴルゴダの丘へと向かうイエス、十字架にはりつけられたイエスの足元に立つマリア、十字架から降ろされる息絶えたイエスの傍らに、そしてイエスの埋葬と奏でられる。

最後のプログラムは、Ⅴ番、ハイドンの「ピアノトリオト長調０ｐ７３の１」。ピアノ、宮暁子。バイオリン、増田真紀子。チェロ、大沢得二。優子は、自分のゲネプロを終えた後でもあり、心もち休憩に入っている。とはいうものの、自分と同じ楽器奏者大沢のチェロの仕上がりを聴き逃すことはなかった。

いよいよ本番が近づく。夕方六時開場でホールの席は埋まりだし、七時を回る頃には、２００人が入った。

出演者がみなステージ衣装に改め控えている。

三神が言った通り、優子は、ふだんはなりふり構わずに練習にうち込んできた。そして本番である今日は、目いっぱいおしゃれをしている。深緑色の地に、シーチング模様に見える風合いのロングドレスに、アクセサリーもドレスの色と長さに合わせた大ぶりのものだ。三神は、この教会の近くにある仕立て屋のオーダーメイドだ。それぞれに華やかなドレスの女性奏者とタキシードの男性奏者たち。いよいよである。

ひとたび本番に入ってしまうと、演奏は、指導者の指示、要求という縦糸と自分が理解し咀嚼した横糸で音楽を紡ぎ出すことにすべてが傾注される。チェロは比較的心にゆとりをもって、他の奏者の音を聴きわけられる。音程を外しさえしなければ、曲の全体に安定感をもたらすことができる。優子は時として、この役目にしびれる。慈父の想いを共有しているような心境になれるからだ。

心理的に本番の速度は速い。コンビを組んだそれぞれが、演奏を終えては片隅に引き上げる。教会という場所が、今一つの効果をもたらしてもいる。

あっという間に「スターバト・マーテル」のときが来た。観客席が奏者に近い分だけ緊張度が増す。張りつめた空気が、出だしの一音でぐんとゆるむ。本番ほど理屈が遠くなる。入魂のしどころに全身全霊が向かっている。憂いを掬おう、悲しみを掬いあげるのだ。マリアというひとりの女性を通して、世にある悲しみという悲しみのすべてを掬いあげ癒すのだ。アルトとチェンバロ、バイオリン、ビオラの相乗音に和しながら、優子は、ただ一心に念じ弾き続ける。

——そして、いつまでも慈愛に浸かっていたい想いのまだ去らぬうちに、「スターバト・マーテル」は、演奏し果てた。人々の拍手がウェーブを為して、潮のように打ち寄せている。優子は、楽団員と共に一つ事をなし遂げた喜びと安どに満たされていた。

しんしんと冷え込む夜気を逃れてクルマに乗り込む。冷たいハンドルをにぎって、優子は、アイドリングの足りないままにクルマを発進する。交差点向こうに細々と明滅するイルミネーション。青信号に促されては、ハンドルを左に右に左にと切る。

国道4号線に乗ると、優子は気持ちを引き締めた。一瞬大型ダンプが中央車線すれすれに向かってくる。一瞬ひやりとした。トラックは轟音を曳きながら、後ろへと走り去っていく。白く覆われた田畑が、夜目に起伏もなく堺もなく両窓に流れる。

どうだったろう。聴きに来た人たちに何か届いたろうか。反応は悪くなかった。それどころか、共感が、会場と私たちが響きあう瞬間があったではないか。そして優子は、楽団のみなに想いを馳せる。一緒に演奏できてよかった。

我こそが、などという気負いはない。聴いてくれるのが誰であれ、場所がどこであれ、誰か一人にでも音楽を届けられるなら弾き続けたい。

家に明かりが見えた。優子はスピードを落とすと、慎重にクルマをバックさせる。タイヤが雪を噛んでぎしぎしと鳴った。

「故郷に帰ったら、音楽を広めなさいよ」

必死に学び練習した学生時代が思い出される。初心に帰ろう、優子はクルマのドアを閉じて夜空を仰ぎ見る。降るような星々が、まるで何か聞こえはすまいかと、雪野原の静寂に耳を澄ませ瞬いているようだった。

※資料提供は菊池優子先生です。

【小説】

# マグトカゲ

立川　ゆかり
*Tachikawa Yukari*

若草が萌え花々が咲きほころぶ丘を、一陣の風が吹き抜ける。たんぽぽの綿毛が白い煙となりぱっと散り、斜面の下に向かってふわふわ飛んでいく。天空には突き抜けるような青。空を独りじめしようと、ピーヒョロロととんびが輪を作り舞いあがった。

五月の昼下がりの丘は、湧き立つ自然に満ちていた。どこもかしこも伸びあがるようだった。

そのゆったりした時のうつろいを破るよう、丘の稜線からまず二つの黒い頭が、それから小さな体が若鹿のような勢いでぴょこーんと飛び出した。

「キャッホー」

まだ幼さない面立ちを残した女の子と男の子である。彼らは奇声をあげながら、てっぺんからふもとに向かい、たんぽぽの綿毛舞う丘を駆け下っていく。

「ホウ、ホウ、ホウ」

インディアンみたいな勢いだ。目をまん丸に、右手にはそれぞれ木の枝を掲げている。

女の子の方はララ。足を一八〇度に広げ、転がるようだ。早い早い。スカートなんてただの布。激しい動きのため、ブラウスの前ボタンは外れ、中の白シャツが覗けて見えている。

続く男の子は、白のポロシャツに黒い半ズボン姿。しかし、どちらも彼には大きすぎるようだ。ぶかぶかのポロシャツは半袖が七分袖になっているし、継ぎはぎだらけのズボンは腰のベルトでずり下がらないようにようやく留めている。擦り切れたゴムの短靴前部から は両の親指が覗けて見えた。

さっき家を出た時は水玉ブラウスのボタンは全部留まっていたはずなのに、赤のスカートにもきれいにひだがついていたはずなのに、二十分もたたぬうちおサルが服を着て暴れ回ったみたいになってしまった。ララは帰ったらまたお母さんに叱られるな、一瞬思う。ラでもすぐ頭から消してしまう。もう遊びの算段に夢中になっている。

一緒に走るこの男の子と遊ぶのは今日がはじめて。さっき家でテレビを見ていたらチャイムが鳴り、出てみたら彼が立っていたのだ。

◆

ピンポーン、ピンポーン。

昼を過ぎたばかりの日曜日、ララが一人でお留守番をしていたら、玄関から来客を告げる音が流れ、出てみたら見知らぬ男の子が立っていた。痩せて小さく、イガグリ頭で目が大きな子だった。

「ラーラちゃん、あーそぼぉー」

いきなり歌うように誘ってきた。誰だこいつ、と思った。やけに馴れ馴れしい。服も変だし、薄汚れた感じだ。さすがのララも二つ返事とはいかず、

「だれ?」

上目遣いの怪訝な声で訊ねた。しかし彼は意に介さない。むしろ反応してくれて嬉しい、とでもいうように両手を鳥のようにバタバタさせ、

「カーズーナー。カズナだよー」

と名乗ってきた。その様子がおかしくて彼のことがもうちょっと知りたくなる。

「いくつ?　どこに住んでるの?」

彼はまた歌うように答えた。

「やーっつ。君んちの近く」

自分が通う「東神りんご学校」の生徒かな、とララは思った。だったら学年は「桃リンゴ」。ララの学年は六学年あり「桃リンゴ」はそのうちの三学年で、「白リンゴ」「青リンゴ」の上の学年だ。九つになった子もいるが大抵の子は八つなのだ。同級生なのかも知れない。

東神町の中心地に三棟のビル群となって聳えるのが「東森りんご学校」。生徒は二千人以上いる。ララやカズナと似たような背格好の子もアリンコみたいにごちゃごちゃいる。一歩足を踏み入れればララも大勢の中の一人となってしまう。授業ごとに違う組分けもあり、だから同学年でも知らない子がいっぱいいた。この子もその中の一人なのかも知れない。

「遊ぼっ、ねっ遊ぼうよ」

カズナは遊びたくてたまらないようだ。畳みかけるように遊ぼうの攻撃をはじめた。

今日は日曜日。遊ぼうと思えば時間は十分にあった。お母さんもお父さんもお出掛けでいないし、いつもの遊び友達も塾の日だから遊べない。いつだったか先生が言っていた『みーんなお友達なのだから仲良くしましょう』の言葉も頭に浮かび、

「じゃあ、あとで君んち教えて。だったら遊んでやる」

そう提案した。条件をつけたのは、近所に住むというこの子のことをもっと知りたくなったためだ。

「うーん、いいよ」

彼は、小首を傾げたもののＯＫしてくれた。

「じゃあ、遊ぼう」

ララはすぐに行動に移った。たたきに点々と散らばる赤ズックの靴先に合わせ、体を左右にねじって足先を入れる。ドアを出ると、カズナより先に庭に飛び出した。

外は快晴で、まぶしい光に満ちていた。明るさの中にいきなり飛び出したものだから思わず手のひらを庇にして額に当てた。

そのまま体を回し庭を見やると、庭のチューリップもネモフィラも太陽の白い光を受け、うっとり気持ちよさそうに揺れていた。今まで気付かなかった。春の風景はすっかり出揃っていた。ふんわり柔らかい風が、肩で切りそろえた髪の間をすり抜けていく。

「ララちゃん、何して遊ぶ」

背中からカズナが聞いてきた。ララは庇はそのままに、ぐるっと彼の方に体を向け、

「マグトカゲ退治」

と言う。

「マク、トゲ、タジ？」

しかし彼は瞳を不思議色に染め、変な言葉で聞き返してくる。ララの言った通りを繰り返したつもりなのだろう。だが全く違った。それを妙に思う。

——東神りんご学校の生徒なら知っているはずだけど。

確かめるため、滑舌をきかせ言い直す。

「マグトカゲ。マグトカゲ退治」

それでも彼は困ったような顔で、体をもじもじさせていた。ララは、マグトカゲ退治も知らないなんてどこから来た子なんだろう、と思った。

「付いてきて」

ララは先に立って駆け出した。

◆

丘を越えたとたん、海の景色がぱあっと目の前に広がりだす。芝生の丘を駆け下りる時は海に飛び込むような感覚。ジェットコースターのスリルとおんなじだ。

駆け下りたらふもとは芝生になっていて、そこで行き止まりである。先はいきなりの崖になっていた。ここは、りんご学校では行ってはいけない場所に指定されているところだ。

崖は危険防止のため黒色のメッシュフェンスが張り巡らされていた。ゴツゴツした急斜面の岩場やはるか下にある海への転落防止のために違いない。

断崖は、高さ四十メートルはあるだろう。下に見える海は濃藍、群青、水色が層になって重なって見えた。層ははるか東の水平線にまで、延々と続いているのだった。

この水平線の向こうには島があって、ララの住む国とは違う国があるらしい。その国はとても豊かで、人々は金の蔵や銀の蔵を持って何不自由なく暮らしているのだという。

ララはフェンスまで近づくと、格子の網に手を掛けた。ちょうど顔が突き出せるくらいの高さのフェンスなので、そのまま体をフェンスに当て、顎を上部に渡された鉄枠の上に乗せた。そうなると直接、海とララが対峙する格好になった。その様子を横にいるカズナが、息を詰め見詰めているのが気配でわかる。見学者もいるから緊張する。

学校の規則を破ってはじめてここにやって来た。さらに、おまじないも試せる。心は逸るばかりだった。

今日の波はおだやかで、海のグラデーションもくっきりと、一枚の巨大画を見るようだった。潮の香りと海の景観をじかに感じながら、水平線に立ち向かうようつま先立ちになって顔を突き出した。

「いい？　ここからが肝心なんだからね」

　横にいる彼に声を掛けた。深呼吸してお腹に力を入れ、口を開いた。

「ギャオーッ」

　ララは叫び出していた。自分は怪獣ババスなんだと心の中で念じ、絶叫した。海も空も割れんばかりの声、のつもりだった。

「ゴゴオーッ」

　しかし、何度叫んでも海や空に届き、割れんばかりの声は出せないのだった。これではマグトカゲが潜む岩場までは届かない。顔をフェンスから外し、かかとを芝生に落とした。不甲斐ない、と肩を落とし右横のカズナに顔を向けた。

　きょとんとした表情で立っているだけの彼は、何が何やらわからないようだった。ララはせっかく教えてやったのに鈍いヤツ、と睨む。

「真似しないの？　真似してよ。これがマグトカゲ退治なんだから」

「だって僕……」

　カズナは申し訳なさそうな困ったような顔をしているだけだった。そこでようやく、いきなりマグトカゲ退治に付き合わせることは無理なのだということに気付いた。マグトカゲに関することをきちんと教えてやることにした。

「マグトカゲは、このあたりの岩陰に住んでいる大トカゲなんだよ。ヘビに手足が生えているみたいな奴……」

　マグトカゲは、ララが住んでいる地区だけに生息する大トカゲの一種である。成長すると両手を広げても足りないぐらいの大きさになる。体型は細目で、玉虫色の体色に黄色い斑点が背中に帯状に入っている。素早く動くために人に目撃されることはめったにない。普段は岩陰にひそみ、お腹が空いたら海に潜り魚介類を、丘では鳥獣を襲い食料にしているという。

　巨大トカゲにまで成長すると人を食べることもある、らしい。本当だろうか。それを考えるとわくわくしてしまう。ララにとっては、未知なる猛獣。頭から外せない、ぜひ一度はお目にかかりたい動物なのだった。学校では恐怖の猛獣としてよく噂にのぼった。

　怖いマグトカゲは実在する。だから、マグトカゲから身を守るためのおまじないもできていた。

おまじないは怪獣ババスの声だった。テレビの「怪獣レスリング」という番組で優勝してから人気になった怪獣ババスは、声が武器だ。体は大人の人間ぐらいしかないのに、顔そのものがラッパ型拡声器になっていて、大きな声で敵の怪獣を倒す。殺傷能力のある超音波を出す怪獣だ。

弱そうなのに追いつめられるとラッパのカサを相手に向け、敵の怪獣を倒してしまう。しかし窮地に立たされないとその能力はあらわれない。それを自分の姿と重ねた子どもたちはババスを応援するようになった。いつか自分たちも、何かのきっかけで秘められた能力を発揮できるかもしれない。そんな夢を怪獣ババスは与えてくれた。マグトカゲ退治のおまじないにもなったのだ。そのことは、学校に通う皆の常識だった。

「マグトカゲにやられたら大変でしょ。だから先にババスの声で退治してるってわけ」

ララの説明を聞いた彼は、三十秒ほど間を置いてから、ようやく納得したようにうなずくと、さっそくフェンスに足を引っかけた。縦横十センチ角の正方形に編まれた鉄線は、足を引っかけやすくなっていた。

体をフェンスに張り付けた姿勢のまま、カズナはフェンス上の鉄枠に顔を乗せた。ララより背の小さな彼は、足を掛けることで、ようやくフェンスから顔を出せるのだ。それから、苦しそうな表情で叫び出した。

「ウ、ウオーッ」

しかし声を振り絞る時に背を丸めたことで、体のバランスが崩れた。

「グオーッ」

だんだん靴先をフェンスにひっかけた左足が不安定になってきた。体がグラグラ揺れはじめる。右足のゴム靴が揺れた拍子に脱げると、もう柵から手を離してしまった。

「うわー」

ララが手を差し伸べた時はすでに遅かった。盛大な音をたて、カズナは芝生の上に尻餅をつき落ちていた。ドスン、という音のあとは尻餅をついた姿勢のまま動けずぼう然としている。落ちてしまったことがよっぽどショックなようだ。

――あーあ、やっちゃった。

思う間もなく彼の大きな目からぽろぽろと大粒の涙が零れ落ちはじめた。まったくもう、と思いながらララは柵から体を外し、彼に歩み寄り、

「ガオーッ」

だらしない彼の、頭から吠えた。

「泣き虫。マグトカゲに食べられちゃうんだから」

腰に両手を当て口を尖らせると、カズナは手の甲で涙をぬぐった。整った顔立ちの中で一番目立つ瞳を縁どるまつげが濡れ、滴でキラキラ光った。奇麗でか弱い女の子の顔に見えた。

ララの目鼻立ちは、お世辞にもかわいいとは言えない。どんぐり眼で鼻ぺちゃである。だから、長いまつげと奇麗な瞳をうらやましく思った。

その時だ。急にそれまで動かなかったカズナが、ロケットが発射するがごとく飛び上がったのは。

「ギャーッ」

断末魔の叫び声とともに、そのまま丘に向かって一目散に駆けて行ってしまう。走る先はさっき駆け下りてきた丘だ。どうすることもできなかった。彼の後ろ姿を、突っ立ったまま見送るしかなかった。

聞いたこともない大きな声は、さっき弱々しい声を出していた彼とは別人のようだった。あの声だったらどんな怪獣も倒せるだろう、と思った。

彼がさっきまで尻餅をついていた場所に目を落とした。芝生はきれいに刈り込まれていた。特に何かがあるようには見えなかった。

――でも、ここで飛び上がったのだから、何かあるに違いない。

ララはさっそく芝生を調べてみることにした。

縦横無尽舐めるように芝生の上に顔をすべらせ間もなく、チロチロと芝生の隙間から光る物体を見つけた。それは、角度で様々な色に光った。玉虫色というのだろうか。加減により赤や青、黄色や緑に見えた。その物体に目を近づけ、ズームさせてみる。すると、それは長さ二十センチほどのひょろりと細長い動物だということがわかった。最初はヘビかと思った。でも手足が生えていた。とすると爬虫類か。ここで、ララの体を戦慄が貫いた。

――マグトカゲ！

だが、すぐに痺れるような感動は鎮まっていく。なぜなら、見つけたトカゲは手のひらに乗るぐらいの大きさしかない。マグトカゲとは違う種類のトカゲに見えた。

トカゲは、ちょろちょろと動いてはぴた、とだるまさんが転んだみたいに芝生の上に時々とまった。でも舌だけは始終せわしなく動かしていた。とまっている時も赤く細長い舌だけは、細長い口先からチロチロと出したり入れたりしていた。

見ているうちにトカゲの動きのリズムがなんとなく

わかってきた。またトカゲが動きをとめ今度は長そうだ、と思った時、

――捕まえられる。

と感じた。芝生の上に小さな恐竜のように頭をもたげたまま動かないトカゲ。急に闘志がわいて来た。

何しろララは生き物を捕まえるのが得意なのだ。カエルを素手で捕まえるなんて当たり前。ミミズなどは集めてビンに入れ観察したこともあった。ヘビだけは噛まれたら嫌なので捕まえたことはないのだが、こんな小さなトカゲならいけそうだった。

とまったままのトカゲに向かって、そろりそろりと右手を伸ばしていった。トカゲは、玉虫色の皮膚がうろこ状になっていて、頭からしっぽに向かって背骨を挟むよう二列の小さな黄色い斑点がついていた。その模様はマグトカゲそっくりで、もしかしたら本当のマグトカゲかも知れないな、と思った。

だとしたら赤ちゃんだ。獲るのに成功したら、ララは間違いなく学校の英雄になれるだろう。胸が高鳴る。マグトカゲに伸ばす手が震える。

――もうちょっと、あと少し。

ぱさっとトカゲの体の上を手の平で覆った。手の中でくねくね弾力性のある生き物が暴れる感触を感じた。


捕まえた、と思った。くねくね動き暴れる感触が、その証拠だった。やった、と心の中で叫んだ。

しかし、喜びは一瞬でしかなかった。手のひらと芝生の間の隙間を、トカゲの体はなんなくすり抜けてしまった。また芝生の上をちょろちょろ走り出す。再び手を降ろし捕まえる。またするりと逃げていく。

それを何度繰り返したことだろう。芝生を移動しながら大奮闘したものの、断崖のフェンスの所でトカゲの姿はとうとう見えなくなってしまった。

――逃げられたか。

スカートを払い、ララは立ち上がった。すると、目の前にさっき逃げていったはずのカズナがトカゲのかわりの様に立っていた。

彼はもう泣いていなかった。照れくさそうに笑っていた。

「戻ってきたんだ」

驚いて彼を見た。

「へへ……」

なぜか自信に満ちた目をしていた。それをララは訝しく思った。すると彼は、ララの顔の前に指でつまんだ何かを差し出して見せた。人差指と親指の間で、長さ五センチぐらいのひも状の物体がうごめいている。

玉虫色のくねくね動く物体だった。

「これは……」

「ここに落ちていた」

彼は自分の足もとを示した。最後にララがトカゲを捕まえようとして逃げられた場所だった。

――？

ララは頭の中をハテナでいっぱいにしながら、妙な生物に目を近づけていった。生物は相変わらずぐねぐねと、彼の指の間で暴れていた。

ミミズ？　それにしては太すぎる。玉虫色の短く小さなヘビみたいな生き物だ。物体をじっくり観察した。

「あっ」

ここでひらめいた。誰かに聞いたことがあるヤツ。彼が手にしているのは、さっき追っかけていたトカゲのシッポに違いなかった。

トカゲは敵にやられそうになると、自分のシッポを切って逃げる。切れたシッポはしばらくの間はとても元気よく動きまわる。敵はシッポに目を奪われ、その間にトカゲは逃げおおせる。トカゲが逃げる時に使う手だ。「自切」である。それをララにも使ったのだ。

シッポはしばらくの間、指の間から抜け出そうとするかのように小魚のようにピチピチと身をよじらせていたが、やがて動かなくなった。規則的にギザギザに切れ目が入ったシッポの切断面からは血がほとんど出ていない。それが不思議だった。

危機に瀕した時、トカゲの体の中ではどんな反応が起こるのだろう。見事にシッポは目くらましの役に立った。生き物の不思議にララはため息をつくのだった。彼の指の間に挟まれたシッポに、

「すごいねー」

感銘の声ため息を漏らした。

カズナの大手柄だ。それを伝えたくてにっこり微笑んでやると、彼も満足げにシッポを手ごと掲げて見せるのだった。

彼はシッポを左の手のひらに大切そうに移すと、ララに言った。

「これ、やるよ」

びっくりした。本当なのかと思った
「え、いいの？」

彼は顔を紅潮させ目を伏せた。

「さっきは逃げてごめん。マグトカゲに食べられると思ったんだ。でもしばらく走って戻ったら、小さなトカゲだってわかった。そうしたらこれが落ちていて……。逃げたお詫び」

むしろ、もらってくれと言わんばかりに、左の手のひらをララに突き出した。

「でも、拾ったのはカズナちゃんだよ」

「ララちゃんが最初に捕まえようとしたんだ。やる」

きっぱりした口調だった。

「ありがとう」

「きっとマグトカゲのシッポだよ」

「うん」

素直に受け取った。シッポはすでに玉虫色をした小さな細長い円錐と化し、ころんとララの手のひらに移された。マグトカゲのシッポだ、と思った。

カエルもミミズも大好きなララである。そしてマグトカゲのシッポだ。これ以上の宝はなかった。スカートの左ポケットからごそごそティッシュを取り出し、シッポを大切にくるみポケットにしまった。

◆

マグトカゲ退治に満足した次に目指すは、彼の家だった。遊んでやる条件なのだから当然だ。

連れて行って、というララに彼は最初は困ったような顔をしていたが、

「約束でしょ」

とごねると、

「うん……」

としょうがないな、といった感じでとぼとぼと歩き出した。興味津々で付いていく。彼がどんな家に住んでいて、どんな遊び道具を持っているのか知りたかった。

着いたカズナの家は、確かにララの近所にあった。ララの家の前に建つ四階建てのビルの裏に隠れるようにひっそりと存在していた。

窓がほとんどない二階建ての古い木造アパートである。薄茶色の板壁が所々はげ、倉庫のようにしか見えない建物だった。

ここに人が住んでいると誰が思うだろう。建物の中央下に、小屋に付いているようなお粗末な木の扉があった。そこを開けると、すぐ前にはまた大きな扉があって、奥は誰も入れないようにバッテンで木の板が打ち付けられてあった。

ララはまず、そのバッテンにぎょっとした。まるで無人の廃屋に見えたからだ。左横に、上に通じる土埃にまみれた細く狭い階段が伸びていた。その階段だけは人の侵入を許していた。

「父ちゃんいなければいいいなー。いたら怖いんだよなー」

つぶやきながら彼は、階段を上って行く。続いて上るララは、階段上部に嵌った天窓から薄く差す光を頼りに、細い階段を足を踏み外さないように注意して、必死で付いていった。

ようやく二階の通路に着いた。通路といっても長さ一メートル幅六十センチほどしかない、床の木の板が反り返った踊り場である。右側に引き戸が一つあり、それにカズナは手を掛ける。

開けづらそうにギシギシ音をたてて引いていった。徐々に戸の奥が明らかになっていく。

中は部屋になっているらしかった。彼は部屋の中に顔を差し入れ、誰かに声を掛けている。

「ただいま。友達連れてきたよ」

すると、真黒で何も見えない中から、

「そうかい、お友達ができたのかい」

女の人のか細い声が響いてきた。姿は暗くて見えない。部屋に窓がないのだろうか。せめて電気ぐらい、とララは思った。

「さあ、入って」

言われて部屋の外で靴を脱ぎ中に入った。入ったとたん、足もとにぐにゃりとした感触を覚え、ギョッとして身をすくませた。しかし、よく見るとそれは蒲団だった。

ほっと胸をなで下ろし、しゃがんだところでさらにギョっとした。頬に生温かい水がぴゅっと飛んできたからだ。続いて同様の水が顔の何か所にも当たりだす。

横っ飛びで水を避けた。扉からの明かりで見えたそれは幾筋もの白色の糸となり飛んで来る水だった。それが、女の人の声がした方から飛んできた。

さすがのララも小さな叫び声を上げた。何が起こったのか、さっぱりわからなかった。

第一こんなところで人が生活できるのだろうか。穴倉に住む化け物かも知れない、と身構えた。

「フフフ……」

すると、奥からまたさっきの女の人の声が響いてきた。化け物にしては優しく人間臭い声だった。笑っている。ララは身構えるのを止め、声の方へ目を凝らした。

「赤ちゃんにおっぱいをやろうとしてたとこだったのよ」

明かりの助けで、女の人の姿が徐々にぼうっと浮かんできた。部屋の様子も見えてくる。

部屋には二組の蒲団が敷き詰められていた。この部屋はそれで一杯で、他に冷蔵庫とかテレビなどの家電製品は見えなかった。

奥の蒲団の方に女の人が胸をはだけて座っていた。髪が長くて真っ白い肌の優しそうな顔をした女の人だった。ララのお母さんよりもずいぶん若く見える。彼女の前にはもぞもぞ動く物体があった。焦点を合わせると、物体は赤ちゃんだった。

「おっぱい張ってるから、こうしてマッサージしてからじゃなきゃ、赤ちゃんが吸いにくいのよ」

女の人が左の乳首を右手で揉んで見せた。彼女の乳首は、まん丸いお餅の上に乗った小さな桃のようだった。揉みだしてすぐ、彼女の乳首の先から数十本の白い水が四方八方に勢いよく飛び出していった。その様は、乳首から数十本の糸が飛び出しているように見えた。

――白い糸に見えたのは、おっぱいだったんだ。

ララはさっきおっぱいが当たった頬を手のひらで拭い、そのまま鼻先に当てて匂ってみた。甘く懐かしい匂いがした。そっと手のひらに付いたおっぱいを舌で舐めてみた。信じられないぐらい甘かった。

「ハハハ」

カズナがララの様子を見て笑う。ララは、部屋全体がミルクの匂いで包まれていることを感じた。

「赤ちゃんがいたんだね」

そっと耳打ちすると、彼は誇らしげに胸を反らした。

「うん。僕の妹。まだ生まれたばかりの三か月」

「ここでお父さんとお母さん、そして赤ちゃんと暮らしてるのね」

台所も電気もない部屋。人が暮らす家ではないように見えた。本当に穴倉に住む化け物一家なのかも知れない。でも、そんなことはどうでもよかった。

ララの考えていることをわかったように、カズナは抑えた声で言った。

「ここはもう少ししたら引っ越す。新しい父ちゃんが言うからな。新しい父ちゃんは怖い父ちゃんなんだ。だから言うことを聞かなきゃいけないんだ」

暗がりで見るカズナは、さっき遊んだ彼とは違うひとのように大人びて見えた。あきらめを知っているような、大人の目だった。彼の母親が続けて言う。

「お前の死んでしまった父さんは、それはいい人だったんだよ。新しい父さんは、お前の父さんとは違い、短気なんだ。でも、もう心配ないよ。私たちきっと幸せになれるから。新しい父さんとの間にできた赤ちゃんも可愛くて元気だしね。あとは新しい国で何不自由ない暮らしが待っているんだからね」

彼女は赤ちゃんを腕の中にすっぽりと入れ、小さな桃のような乳首を赤ちゃんの口に含ませた。白いおくるみに包まれた赤ちゃんは、マシュマロみたいな肌をしていて、夢見るようなまつげで、おっぱいを喉を鳴らして飲みはじめた。

おっぱいが終わったら抱っこさせてもらおうと、ララは赤ちゃんに吸い寄せられるように、お母さんの方ににじり寄っていく。その時、カズナのそわそわした声が背中からかかった。

「もうすぐ父ちゃんが来る。帰ったほうがいい」

よほどカズナの新しい父さんという人は怖い人らしかった。切羽詰まった言い方に、ララは腰を上げた。

「来た！」

振り返ると、部屋の入口に大きな影が立ちふさがっているのが見えた。影から伸びた両手が部屋の入口の上部を掴んで、こちらを窺い見ているのがわかった。怖いお父さんに違いない。でも光を背負っているから、顔はよく見えない。

身をすくませていると、影が何か大声で叫びながら、怪獣のような足音をたて、部屋の中に入ってきた。

「○×△□！　○×△□！」

「出ていけ」ということなのだろう。ララは、部屋を飛び出した。影のわきの下を、弾丸の早さで潜り抜け、靴を手に階段を一気に駆け下りた。

◆

それきり、カズナとは会っていない。というか、あの日のことが本当にあったことなのかすら、自信がなくなってしまった。

カズナの家を再び訪ねてみたことがあった。遊んでから一週間もたっていなかった。なのに、ビル裏に建っていたはずの木造アパートは、消えていた。そこだけぽっかりと空地になっていた。

しかし、かつて建物が建っていたことを示すよう、空地の隅っこには建物の土台に使われただろう大きな石がいくつも積まれ残されていた。見つけた時はやるせなくなった。はじめての気持ちに戸惑った。

お母さんにも木造アパートのことを聞いてみた。

「そんな建物、知らないわ」

彼女は曖昧に笑い、首を振るだけだった。

「そんなことよりお国のために立派な大人になって、

いっぱい働いていっぱい赤ちゃんを産みなさい」
いつもの決まり文句を残してせかせかと仕事に出掛けていってしまった。お母さんは、ララ一人しか子どもを産めなかったから、国の命令で普通のお母さんよりも長く働かなければいけないのだ。金の蔵や銀の蔵を人々が持つ豊かな国と対抗するためだ。国民一丸、余計なことは考えてはいけないのだ。

こうやって、何もかもが曖昧になっていく。昨日いた人や建物が消えることは、当たり前なのだ。余計な詮索は、命とりになるらしい。誰かがひそひそ声で言っていた。それがどんな意味なのか、今はよくわからない。

――でもあの日のことは、本当のこと。

赤いスカートのポケットには、すっかり干からびてしまったマグトカゲのシッポが今もある。スカートの上からそっと手を置いて、
「あーあ、赤ちゃん抱っこしたかったなあ」
ララは大きな声でつぶやいた。

（了）

図
三十年　十六号
三十年三月三十一日発行
定　価　七八七円＋税
編　集　天気図事務局
編集所　岩手県花巻市東和町
東晴山八―四五
☎〇一九八―四四―二五一〇
発行人　細矢　定雄
発行所　ツーワンライフ出版
岩手県紫波郡矢巾町広宮沢十―五一三―一九
☎〇一九―六八一―八一二一
印刷所　有限会社ツーワンライフ
天気図
〈振替〉
〇二二五〇―二―五七七八九

## 編集後記

●今回、立川さんの指示で、安住さんの詩をわたしが、わたしの原稿を渡邊さんが担当。毎回、これが批評しあうよい機会となっている。病気になられた会員の方が全快、十六号発刊と併せての慶事である。

（加）

●歳老いても「少年のようにありたい」のが私の願いです。もしかして、「死」はそうした「戻りたいところへ還る」ことが幸せな「死」なのではないかと思います。「丸薬同盟」いかがでしたか。

（虫）

●ガンも完治。白内障の手術も成功。念のため脳までしらべてもらい「問題なし」に一安心。あとは弱った足や腰の回復だ。創作意欲は「問題なし」。現在昔の作品を利用した新作を構想中。

（Y）

●沼田さん、若竹さんと岩手関係者が続けて芥川賞受賞！　我がことのように嬉しい。自分は、といえば大忙しで過ごしているつもりでも振り返ると「何したんだっけ」。学べない自分に猛省。今号は巻頭に顧問である松田十刻氏をお願いした。懐かしい貴重な写真は必見である。

（立）

◆同人参画者◆
（五十音順）

浅沼　誠子
岩手県盛岡市
安住　幸子
宮城県仙台市
杉田　未来
岩手県盛岡市
菊池　尋子
岩手県盛岡市
立川ゆかり
岩手県花巻市
千葉万美子
岩手県一関市
加藤　和子
岩手県盛岡市
野中　康行
岩手県盛岡市
はら・まもる
岩手県盛岡市
松本　謙一
岩手県矢巾町
やえがしこうぞう
岩手県盛岡市
渡邊　治虫
岩手県雫石町